THE OMNIPOTENT
BRACELET

전능의 팔찌 2부 15

김현석 현대 판타지 장편소설

초판 1쇄 찍은 날 § 2024년 12월 20일
초판 1쇄 펴낸 날 § 2024년 12월 27일

지은이 § 김현석
펴낸이 § 서경석

총괄팀장 § 황창선
편집책임 § 양준
디자인 § 스튜디오 이너스

펴낸곳 § 도서출판 청어람
등록번호 § 제387-1999-000006호
등록일자 § 1999. 5. 31
어람번호 § 제1-3236호

본사 § 경기도 부천시 부일로 483번길 40 서경B/D 3F (우) 14640
편집부 § 서울특별시 구로구 디지털로 272 한신IT타워 404호 (우) 08389
전화 § 02-6956-0531 팩스 § 02-6956-0532
http://www.chungeoram.com
E-mail § chungeorambook@daum.net

ⓒ 김현석, 2023

ISBN 979-11-04-92524-5 04810
ISBN 979-11-04-92499-6 (세트)

전능의 팔찌 2부

THE OMNIPOTENT
BRACELET

목차

15권

Chapter 01

—

10인의 뱀파이어

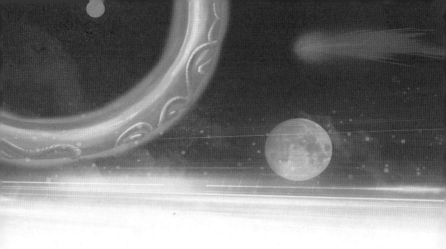

"정말요?"

"그래! 정말 스물두 살로 보여. 그리고 너무 예뻐!"

"기분 좋아요. 그리고 고마워요."

"고맙긴, 보이는 대로 말한 것뿐이야."

지윤은 앞으로 꽤 오랫동안 뱀파이어가 아니냐는 말을 듣게 된다. 세월이 흘러도 한결같이 22세로 보이니 그러하다.

뱀파이어로 분류되는 인물은 더 있다.

첫째가 현수이다.

수명이 5,000년이니 앞으로 2,039년을 더 산다.

깨달음을 얻어 신이 되면 스스로 소멸을 택하기 전엔 무한

정으로 늘어나게 된다.

어쨌거나 2,039년 중 1,500년은 여전히 25세로 보인다.

그 후 매 100년마다 10살쯤 늙은 모습이 된다. 하여 사망할 때가 되면 85세처럼 보이게 될 것이다.

다음은 E―GR을 복용한 여인들이다.

조인경, 권지현, 강연희, 그리고 다이안 멤버 이서연, 홍세란, 김예린, 이정민, 신연진도 한동안 늙지 않을 것이다.

하여 현수를 포함한 10명은 '10인의 뱀파이어'로 불리게 될 것이다.

엘릭서 화이트를 복용한 이리냐도 노화가 천천히 진행되기는 하지만 E―GR만큼의 효과는 보지 못한다.

"알았어요. 근데 이번 파티…, 파트너 동반인가요?"

"당연하지! 데뷔탕트 볼이라 했잖아. 내가 명단 줄 테니까 파티 플래너 고용해서 성대하게 진행해봐."

"에? 파티 플래너까지 불러요?"

지윤은 집들이 정도로 생각한 모양이다.

"파티의 전반적인 기획부터 연출에 이르기까지 총체적인 책임을 맡아서 진행할 사람 없어도 돼? 지윤 씨가 혼자서 다할 수 있다고 하면 안 그래도 되고."

"아, 아니에요. 당연히 필요하죠. 근데 모스크바가 처음이라 파티 플래너가 있는지도 모르는데……."

느닷없는 주문인데다 아무런 연고도 없는 곳이다. 게다가 러시아어는 간간히 알아듣기만 할 뿐 회화 불가능이다.

그런데 파티를 총괄하라니 난감한 것이다.

"여기 없으면 베벌리힐스에서 불러도 돼. 거긴 파티가 잦은 동네니까. 인터넷으로 검색하면 금방 찾을 수 있을 거야. 아님 천지그룹 미국 지사에 문의해."

"네, 알았어요."

"돈 아끼지 말고 성대하게……! 우리 지윤 씨 처음 선보이는 자리나 마찬가지니까. 알았지?"

"네, 그럴게요."

"이 드레스는 그때 입어. 목걸이와 반지는 아샤의 세트 정도면 적당할 테니 팔찌나 하나 더 사자. 시계도. 너무 밋밋하니까. 아! 이 드레스에 맞는 속옷과 구두도 있어야겠네."

"……!"

지윤은 신나서 떠드는 현수를 바라보았다. 진심으로 자신을 아껴주는 것 같은 마음이 들어서이다.

"…있지. 그러니까 구두는 드레스 색깔에 맞춰서……."

"**Я люблю тебя**."

현수는 하던 말을 중간에 멈춰야 했다.

지윤이 뭐라 말을 했는데 본인의 말과 섞인 데다 소리가 너무 작아서 알아듣지 못한 것이다.

"뭐라고? 방금 뭐라고 한 거야? 못 알아들었어."

"… 사랑한다고요! 그리고 고마워요."

"······!"

현수는 별빛처럼 초롱초롱한 지윤의 검은 눈동자를 보곤 와락 끌어안았다. 너무나 사랑스러워 어쩔 수 없었던 것이다.

"나도 사랑해!"

"아아······!"

지윤은 대답 대신 작은 신음을 냈다.

뭐라 말로 표현하지 못할 짜릿한 충만감이 뇌리를 관통해서 잠시 사고 회로가 멈춘 것이다.

둘을 보고 있던 매니저의 입가에 미소가 맺혔다.

보는 것만으로도 흐뭇한 것이다. 그리고 세계 최고의 부자와 그의 피앙세를 보고 있으니 기분이 좋은 것이다.

"자~! 그럼 들어가서 입어봐."

"네에."

매니저의 안내를 받아 피팅룸으로 들어갔던 지윤이 나왔다. 어깨가 드러나서 그런지 살짝 부끄러워한다.

절세 미녀가 날개옷을 걸친 채 살짝 몸을 꼰다. 이에 현수는 저도 모르게 손뼉을 쳤다.

짝, 짝, 짝—!

"···예쁘네. 옷도 아주 잘 어울려."

이는 100% 진심이다. 이를 느꼈는지 지윤의 얼굴에 환한 미소가 어린다.

"이거 주세요. 결제는 이걸로 하고요."

내민 카드를 받은 매니저는 살짝 무릎을 굽혀 예를 표하곤 대기하고 있던 종업원에게 눈짓을 한다. 귀빈을 안으로 모시고 들어가 옷 갈아입는 걸 도우라는 뜻이다.

매니저가 전표를 들고 올 때 현수는 다른 옷들을 살피고 있었다.

"이거, 이거, 그리고 이것도 보고 싶네요."

"네, 손님!"

매니저는 더없이 상냥하다. 오늘 매출이 최하 10억 원은 넘을 것이란 예감이 든 때문이다.

지윤은 다섯 벌을 더 입어보았고, 그중 세 벌을 추가로 구입했다. 그리고 이 가게는 11억 3,000만 원의 매출을 올렸다.

"감사합니다. 안녕히 가시고 또 오세요."

매니저를 비롯한 점원 아가씨 세 명 모두 허리를 120°로 꺾는다.

매니저는 5만 루블(80만 원), 점원 셋은 각각 3만 루블(48만 원)씩 팁을 받았으니 허리가 절로 숙여지는 것이다.

"그건 저 주십시오."

밖에서 대기하고 있던 경호원이 얼른 다가와 쇼핑백을 받아든다. 이리냐궁 경호원이 되기로 마음을 굳힌 것이다.

"괜찮은데……. 그리 무겁지 않아요."

"아유! 그래도요. 제가 들어드리겠습니다."

"고맙습니다."

지윤이 고개 숙여 예를 갖춘다. 현수의 비서일 때도 이랬고, 연인이 된 지금도 여전히 예의 바르다.

'봐요! 확실히 다르시잖아요. 역시 1황후님이세요.'

'아부 그만!'

'에? 이거 아부 아니에요. 사실만 말씀드리는 거죠.'

'그래도 그만해. 아부같이 들리니까.'

'넵!'

도로시와 짧은 대화를 마친 현수는 지윤 곁으로 다가가 슬쩍 팔을 든다. 팔짱 끼라는 뜻이다.

지윤은 남들 시선이 있어 부끄럽지만 태연한 척하며 팔을 얹는다. 현수는 기다렸다는 듯 다른 손으로 손등을 덮었다.

"이제 속옷 사러가자."

"네에."

이 말을 들은 굼 백화점 측 안내인이 손으로 속옷매장들이 모여 있는 방향을 가리킨다.

"란제리 브랜드는 이쪽입니다. 손님!"

"아! 그래요? 고마워요."

복도를 따라 걸어가니 Aubade라 쓰인 작은 간판이 보였다. 곁에는 AgentProvocateur가 있고, Parah도 있다.

"아우베이드? 아우바데?"

지윤이 저도 모르게 간판을 읽는 소리이다.

"아니, '오바드'라고 프랑스의 란제리 브랜드야."

"아! 그래요? 불어인 거군요. 그럼 그 옆은요? 에이전트 프로보케이터라 읽나요? 띄어쓰기를 안 했네요."

"아니! '아장프로보카퇴르'라고 읽어. 영국 브랜드야."

"헐! 그럼 옆은 빠흐라고 읽나요?"

불어라고 생각하고 읽은 듯하다.

"아니! 저건 '파라'가 맞아. 저건 이탈리아 란제리 브랜드 중에서도 하이퀄러티를 추구하는 걸로 유명하지."

"전무님! 아니, 자기는 란제리 브랜드를 어떻게 그렇게 잘 알아요? 여성용인데."

지윤의 말처럼 여성용, 그것도 섹시함을 추구하는 란제리 브랜드인데 완전 척척박사인지라 놀란 것이다.

남성인 현수가 어찌 알겠는가!

도로시가 없다면 지윤과 똑같이 이상하게 읽었을 것이다. 하여 얼버무릴 수밖에 없다.

"응! 어쩌다……. 예전에 유럽 란제리 브랜드 특집기사를 본 적이 있거든."

"그래요? 어디서요?"

여자들은 이렇듯 남자들의 방심을 찌른다.

"어디……? 아! 이발소! 이발소 잡지에서 봤어."

"헐! 이발소에 유럽 란제리 브랜드 특집기사가 실려 있는 잡지가 있었다고요? 진짜예요?"

말도 안 된다는 표정이지만 어쩌겠는가!

이럴 땐 무조건 오리발을 내밀어야 한다. 아주 당당하게!

"응! 있었어. 거기서 봤어."

"정말요……?"

지윤은 고개를 갸웃거린다.

주로 나이 많은 남자 어른들이 드나드는 이발소에 유럽 란제리 브랜드 기사가 있는 잡지가 있을 이유가 없는 때문이다.

중학생 때 아빠 따라 이발소에 갔던 기억을 더듬어 보니 타블로이드형 주간신문이 떠오른다.

확실히 남자들만 보라고 만든 것이라는 느낌이었다.

시중에 나도는 유언비어를 추적했다면서 써놓은 기사를 보았는데, 이건 문장력이 결핍된 소설이라 생각했었다.

기승전결(起承轉結) 중에서 기승은 있는데 전도 없고, 결도 시원치 않았던 기억이 있다.

한마디로 개소리 난무였다.

그 밖의 기억은 조금 야한 기사들이다.

연예계와 재벌계의 야릇한 소문이나, 누가 누구와 불륜이라는 내용이 절반 이상이었다.

심심해서 정 볼 게 없을 때 슬쩍 들여다보고 돌아서면 완전히 잊어야 할, 그야말로 3류 소설 같은 걸로 채워져 있었다.

그 후론 이발소를 안 갔으니 여성용 잡지가 비치되어 있는지 여부를 모른다. 아마 없을 것이라고 생각은 한다.

"아, 내가 뭐 하러 거짓말을 해? 안 그래?"

"그거야 그렇지만… 알았어요."

납득되지 않았지만 고개는 끄덕인다. 작전 성공이다.

"좋아 보이네. 일단 들어가서 구경해 봐. 마음에 드는 게 있으면 무엇이든 사."

"치이~! 그래도 돈 많은 연인이 있으니 좋으네요."

창가에 전시해 놓은 팬티를 보고 있는 현수의 표정이 조금 음흉하다 느꼈던 모양이다.

하긴 화려한 레이스로 장식되어 있지만 주요 부분이 망사로 된 것이니 사내의 상상력을 자극하기는 할 것이다.

"그치? 나도 사줄 수 있어서 좋아."

지윤과 현수는 여러 속옷 매장을 둘러보았고, 드레스에 어울릴 만한 것들을 구입했다. 속된 말로 '졸라게 비싸' 서 그런지 쇼핑백부터가 남달랐다.

속옷 쇼핑을 마치고 밖으로 나와 시계 매장으로 가려던 현수가 잠깐 멈칫한다.

"아! 잠깐만… 잠깐만 기다려."

현수가 멈춘 곳은 샤넬 매장 앞이다. 로고를 보는 순간 이리나의 부탁이 떠올랐던 것이다.

"예? 왜요?"

"여기서 뭐 살 게 좀 있어서. 잠시만 기다려."

"아! 그래요? 뭔데요?"

"은은한 향이 나는 향수하고, 여성용 로션!"

"아휴! 저 향수 안 써요. 로션은 아직 많이 남았구요."

진짜 필요 없다는 의미로 손을 내저었다.

향수랑 로션은 본인의 피부에 맞는지 확인해야 한다.

게다가 향에 대한 호불호는 본인만이 느끼므로 혼자서 쇼핑하는 게 편하다.

그런데 의외의 대답이 나온다.

"아냐! 지윤 씨 꺼가 아니라 다른 사람 거야."

"네? 누구요? 혹시… 인경 선배요?"

수행 비서로 있으면서 현수와 대화를 나눈 여인이 자신과 조인경뿐이기에 한 말이다. 그리고 저도 모르게 조인경에 대한 경계심이 있었기에 한 말이다.

오늘부로 누가 승자인지는 결정되었지만 강력한 라이벌이었기에 경쟁심이 덜 사라진 것이기도 하다.

'아! 조인경 부장 것도 사기는 해야겠구나. 그럼 이수린 대리와 이은정 사원 것도 사야 하나?'

Out of sight, Out of mind!

'눈에서 멀어지면, 마음에서도 멀어진다'고 의역할 수 있는 이 속담이 떠올랐다. 그러고 보니 조인경와 이수린, 그리고 이은정을 까맣게 잊고 있었다.

'온 김에 뭘 사두긴 해야겠네. 또 잊을 수 있으니까.'

생각은 이랬지만 입에서 나간 말은 달랐다.

"아니! 다른 사람. 러시아 여성인데 나이는 25살이야."

향수와 로션을 선택할 때 도와달라는 의미의 말이었다.

지윤은 당연히 본인의 것을 사려는 것으로 알았는데 예상에 없던 말이 나오자 당황한 듯하다.

"러, 러시아 여성요? 그럼 어제……?"

*   *   *

지윤은 자신이 머물던 방이 원래 현수가 체크인 했던 스위트룸 B와 다르다는 것을 인식했다.

이 호텔에 처음 체크인 할 때는 룸 B였는데 오늘 자신들이 나온 건 룸 A였다.

두뇌 명석한 지윤이 어찌 그 차이를 모르겠는가!

그러고 보니 뭔가 이상하다.

같은 층에 똑같은 룸을 하나 더 얻었다. 아무리 돈이 많아도 그렇지 비싼 스위트룸을 그냥 비워 두진 않았을 것이다.

생각이 여기에 미치자 어젯밤 자신의 손을 뿌리치고 나갔던 현수가 그곳에 머물러 있었을 수도 있다.

"그 사람이 스위트룸 B에 있는 사람인 거죠?"

여자들 특유의 의표를 찌르는 넘겨짚기 신공(神功)이다.

"어! 어떻게 알았어?"

대단한 신공절학이었던 모양이다. 어쩌면 무방비 상태라 그랬을 수도 있지만 하여튼 현수가 속절없이 당해 버렸다.

현수가 밤새 룸 A의 다른 방에 머물던 모습을 보지 못했기에 하는 합리적인 의심이 확신으로 바뀌는 순간이다.

"아! 그러셨군요. 근데 그분이 은은한 향이 나는 향수하고 얼굴에 바르는 로션이 필요하다고 했어요?"

생각해 보니 자신은 여태 애태우다 간신히 연애를 시작했는데, 이미 밤을 보낸 여인이 있다.

하여 저도 모르는 질투의 마음이 담겨 살짝 뾰족한 어투였다. 하지만 현수는 여전히 둔하고, 무신경하다.

"응! 맞아. 그거 사다달라고 했어."

3,000년 가까이 살아왔지만 현수는 남자다. 그렇기에 여성들의 미묘한 마음을 헤아리지 못하고 있다.

아주 긴 세월 동안 무소불위의 황제로 살아왔기에 여성들만의 언어를 이해하려는 노력이 부족했던 때문이다.

아울러 모든 아내들이 오로지 본인만을 떠받들고, 지극히 순종적이었던 때문이기도 하다.

하긴, 원하는 건 뭐든 다 해줄 수 있는 황제였다.

게다가 무엇을 원하든 그 이상을 주는 사내였고, 침실에선 초강력 슈퍼맨이었으니 그럴 수밖에 없었을 것이다.

그래서 여자들의 언어를 잘 모른다. 다음은 남자들이 이해하기 어려운 여자들의 언어 몇 가지이다.

'밥 먹었어?' 라는 말을 들으면 남자는 식사했느냐는 뜻으로 받아들인다. 이때 여자의 물음은 '같이 밥 먹자' 는 뜻이다.

전화 통화 중에 '지금 뭐 해?' 라고 물으면 남자는 현재하고 있는 일을 이야기한다.

하지만 여자의 의도는 '시간 되면 오늘 만나자' 는 뜻이다.

길거리를, 혹은 백화점 매장을 지나다가 '어머! 이거 예쁘네.' 라고 하면 남자들은 '보기에 좋은가 보다' 라고 생각한다.

사실 여자의 속뜻은 '이거 사줘.' 였다.

다소 굳은 표정의 여친에게 '무슨 일 있어?' 라고 물었을 때 '아니, 아무 일 없어.' 라고 대답하면 남자는 진짜 아무 일도 없다는 뜻으로 받아들인다.

하지만 여자의 속내는 '사실 너 때문에 화나서 지금 말 안 하고 있는 거야' 라는 뜻이다.

이 밖에 여자의 No는 마지못한 Yes일 수 있고, 그 반대로 Yes라 대답했지만 속내는 강력한 No인 경우도 있다.

남자 입장에선 수능 지문보다 훨씬 어려운 말이다. 그래서 어떤 개그맨이 이를 이렇게 정의(定意)했다.

"그때 그때 달라요!"

지윤은 다소 샐쭉한 표정이다. 하긴, 숨겨놓은 다른 여자가 있다는데 어떤 여자가 마음 편하겠는가!

"남자들은 향수랑 화장품 잘 모르잖아요. 같이 골라요."

지윤이 먼저 숍으로 들어갔고, 현수가 뒤를 따랐다.

초조한 심정으로 대기하고 있던 점원의 허리가 직각으로 꺾인다. 7억 원짜리 드레스를 샀던 레니 스트라우스 디자이너 숍에서 매니저와 점원에게 주었던 팁이 벌써 번진 것이다.

"두 분을 환영합니다. 매니저 나디야 스미르노바입니다. 무엇을 도와드릴까요?"

지윤은 자연스레 매니저가 내미는 명함을 받아 든다.

"향이 은은한 걸 찾아요."

"아! 그거요. 잠시만요."

매니저는 재빠른 손길로 진열장 안의 향수들을 꺼낸다.

"이건 가브리엘 오 드 빠르펭이에요. 향이 은은해서 헤어 미스트 겸용으로 사용하셔도 됩니다."

"아! 그래요?"

지윤이 고개를 끄덕이자 다른 병을 내민다.

"그리고 이건 까멜리아 아시죠? 그거랑 제일 비슷한 향이 나는 거예요. 가드니아 오 드 빠르펭이라고 하죠."

지윤은 향수를 쓰지 않기에 까멜리아가 뭔지 모른다.

하지만 모른다 하기 뭐했는지 고개를 끄덕이더니 향수병을 집어 들어 살짝 냄새를 맡아본다.

그러는 사이에 매니저는 또 하나의 병을 내민다.

"이건 그레이프 후르츠와 모과향이 재스민과 어우러져 화이트 머스크의 둥글고 여성적인 노트에 의한 따스하고 낙천적 여성의 향을……."

뭔지 설명이 길다. 그리고 어울리지 않는 명사와 형용사의 나열이라 이해 안 되는 느낌이다.

그러거나 말거나 설명은 이어졌다.

"…그래서 이 향수의 이름은 샹스 오 땅드르 오드 뚜왈렛이라고 합니다."

먼저 것도 이름이 길었지만 이건 더 길다.

'이름이 길면 더 좋은 건가?'

현수가 갸웃거릴 때 지윤은 냄새를 맡아보곤 고개를 끄덕인다. 즉시 멀리하지 않는 걸 보면 괜찮은 듯싶다.

매니저는 초조한 시선으로 지윤을 살피고 있다.

"흐으음! 향기 좋으네요. 좋아요. 셋 다 주세요."

"네, 손님! 금방 포장하겠습니다."

이 점포에서 파는 샤넬은 일반 백화점에서 파는 것과 용기 자체가 다르다. 명품들의 각축장인 굼 백화점의 명성을 고려한 우아한 수제 용기를 사용한 것이다.

진열장 옆 입간판에는 시리얼 넘버가 매겨진 것만 취급하며, 특성상 한정 수량만 판매하니 조기 소진 되더라도 양해해 달하는 내용이 있었다.

매니저는 낙하산을 탄 게 아니라는 것을 보여주려는 듯 매우 능숙한 솜씨로 포장을 하곤 리본까지 단다.

완벽한 선물 포장이다. 이걸 특유의 쇼핑백에 담아서 건넨다. 현수가 기다렸다는 듯 카드를 내밀었다.

"이 카드로 결제하세요."

"네! 손님, 12만 4,000루불입니다."

향수 3병에 198만 4,000원이라는 소리다. 현수는 대답 대신 고개를 끄덕여 주었다.

"참! 조향사[1] 클라이브 크리스찬이 만든 향수를 사고 싶은 데 혹시 굼 백화점 내에서 살 수 있을까요?"

"그건 나가서서 왼쪽 끝에 있는 점포에 있습니다, 손님!"

"고마워요! 이건 팁이에요."

대답 한마디로 2만 루불을 팁으로 받은 매니저는 즉시 허리를 꺾는다.

"고맙습니다."

"고맙기는요. 자, 가지."

"네? 아, 네에."

지윤은 현수와 매니저의 대화를 듣지 못하였다. 명성 자자한 샤넬 No. 5에 시선이 꽂혀 있었던 때문이다.

현수는 곧장 왼쪽 끝 매장으로 들어갔다.

"어서 오세요. 무엇을 도와드릴까요?"

"여기 임페리얼 마제스티 No.1 있나요?"

점원의 눈이 대번에 반짝이기 시작한다.

"스와로브스키 크리스털에 다이아몬드가 박혔고 18K로 장식한 것 말씀하시는 거죠?"

---

1) 조향사(調香師) : 여러 향료를 섞어 새로운 향을 만들거나, 제품에 향을 덧입히는 '향 전문가'

"맞아요. 클라이브 크리스찬이 만들었다죠?"

"네! 있습니다. 잠시만 기다려 주세요."

점원은 뒤쪽 금고의 다이얼을 잡는다.

촤르르! 척! 촤르르르! 척! 촤르르르르—!

딸깍—! 끼익—!

금고가 열리자 흰 장갑을 꺼내서 낀다. 그러곤 행여 떨굴까 싶은지 조심스레 검은색 상자를 꺼낸다.

딸깍—!

시건장치를 제치고 뚜껑을 여니 붉은색 벨벳에 감싸인 황금빛 크리스털 용기가 보인다.

투명 크리스털인데 내용물 때문에 금빛으로 보인 것이다.

"오! 있군요."

한편, 현수를 따라 들어왔던 지윤은 뭔가 싶은 표정이었다. 용기가 너무나 예뻤던 것이다.

잠시 살펴본 현수는 뚜껑을 닫는다. 지윤은 이내 흥미를 잃고 살피던 것으로 시선을 돌린다.

이때 현수의 입술이 다시 열린다.

"좋네요. 포장해 주세요."

"네……?"

점원 아가씨의 눈이 대번에 커진다.

대체 이게 얼만 줄 알고 값도 물어보지 않은 채 싸달라고 하느냐는 표정이다. 저쪽 디자이너 숍에서의 일이 아직 여기엔 미치지 못한 모양이다.

"아, 참! 가격을 안 물어봤네요. 얼마죠?"

"이건 1,781만 2,500루불입니다, 손님!"

한화로 2억 8,000만 원이라는 소리이다.

"그래요? 그럼 이걸로 결제하세요."

한도 무제한인 블랙카드를 내밀자 점원의 눈빛이 달라진다.
어떤 카드인지 한눈에 알아본 것이다.

이 가게의 점원 아가씨는 오늘도 무료한 오후를 보내던 중
이다. 그런데 무려 2억 8,000만 원이나 하는 이걸 사겠다는
사람이 나타났다.

적지 않은 판매 수당이 있으니 어찌 흥분되지 않겠는가!

"지, 진짜예요?"

"네! 선물할 거니까 예쁘게 포장도 해주세요."

"자, 잠시만요."

카드를 승인 장치에 넣고는 금액을 입력하는데 손이 덜덜
떨린다. 금액도 금액이지만 혹시라도 가짜 카드이면 어쩌나,
한도가 부족하면 어쩌나 하는 마음이었을 것이다.

그런데 그럴 리가 있겠는가!

명색이 블랙카드이다. 단말기는 금방 영수증을 토해놓는다.

임페리얼 마제스티 No.1은 2005년에 딱 10병이 만들어졌
다. 그때는 런던의 헤롯(Harrods)백화점과 뉴욕 5번가의 버그
도프 굿맨(Bergdorf Goodman)백화점에서만 판매했다.

이후 세계 각국의 명성 높은 백화점에 전시된 바 있다.

그간 3병이 팔렸고, 7병이 남았었는데 하나는 여기에, 다른 하나는 런던 헤롯백화점에 전시되어 있었다.

나머지 5병은 누구에게 팔렸는지 행방이 묘연하다.

어쨌거나 나머지 둘 중 하나가 팔렸으니 이제 런던으로 가야 구입할 수 있는 물건이 되었다.

러시아의 실물경기가 나빠지면서 임페리얼 마제스티 No.1은 진열대에서 빠졌다.

용량에 비해 가격이 너무 비싸니 구경만 하고 아무도 사려 하지 않았기 때문이다.

처음엔 이것의 덕을 보았다. 구경하러 온 손님들로 문전성시를 이루면서 네임 밸류가 급격히 상승한 것이다.

2011년에 DKNY에서 금빛 사과 모양 '골든 딜리셔스'를 내놓기 전까지다.

골든 딜리셔스가 더 비싼 향수였기 때문이다.

아무튼 이 가게는 유명해졌고, 그 결과 굼 백화점에서도 굳건히 자리를 지키고 있을 수 있었다.

사실, 골든 딜리셔스가 비싼 이유는 향수병을 장식하는 데 사용된 진귀한 보석 3,000여 점 때문이다.

타원형으로 연마한 183개의 스리랑카산 옐로 사파이어와 15개의 호주산 핑크 다이아몬드를 필두로 로즈 컷 다이아몬드 4개와 화이트 다이아몬드 2,700개, 그리고 3.07캐럿짜리

루비로 장식되어 있다.

아울러 뉴욕 맨해튼의 스카인 라인을 뚜껑에 담아낸 모습도 인상적이다.

그래서 내용물인 향수보다 향수병이 훨씬 비싸다. '배보다 배꼽이 더 큰 향수'인 것이다.

어쨌거나 이건 딱 1병만 만들어졌고, 누구에게 팔렸는지 알려지지 않고 있다. 그러니 돈 주고 살 수 있는 향수 중 제일 비싼 걸 이곳에서 산 셈이다.

점원 아가씨가 건네는 영수증을 받은 현수는 눈짓으로 다른 상품을 구경하고 있는 지윤을 가리켰다.

선물 받을 장본인이라는 뜻이다.

눈치 빠른 점원은 크게 고개를 끄덕이고는 포장을 시작했는데 솜씨가 뛰어났다. 재빨리 포장을 마치곤 살짝 속삭인다.

"손님, 잠시만요."

"……?"

대답도 듣지 않고 후다닥 뛰어나간다. 하여 '뭐지?' 하는 표정으로 바라보았다.

아가씨는 건너편 꽃가게로 들어갔다. 곧이어 빨강, 분홍, 그리고 하얀 장미로 구성된 작은 꽃다발을 만들어왔다.

"손님! 이거요."

뭔가를 내미는데 받아보니 꽃말 카드이다.

빨간 장미의 꽃말은 '아름답고 열정적인 사랑'이다. 분홍은 '사랑의 맹세', 하양은 '순수, 순결'을 의미한다.

노랑이 빠져 있었는데 그건 '질투'라 뺀 모양이다.

참 센스 있는 아가씨이다. 그런데 명찰이 없어 이름은 알 수 없었다.

"제부쉬까, 고마워요. 이건 팁이에요."

제부쉬까(девушка)는 러시아어로 아가씨라는 뜻이다.

"어머! 이렇게나 많이요?"

아가씨의 눈이 또 커진다. 5,000루블짜리 10장이니 어찌 안 그렇겠는가! 이런 팁은 받아본 적이 없다.

하긴 한 달 월급보다도 훨씬 많은 돈이다.

한국으로 치면 월급이 300만 원인 사람에게 500만 원을 팁으로 준 것이니 당연한 반응이다.

"친절에 대한 대가죠. 자, 받아요."

"네? 아, 네에. 고맙습니다."

아가씨는 그새 상기된 표정이 되었는데 손으로 앞섶을 가리며 정중히 허리 숙여 절을 한다.

Chapter 02
—
쓰는 것보다 빨리 늘어나

시선을 돌리다 이 광경을 본 지윤은 또 뭔가 싶다.

서비스를 제공한 점원들에게 적지 않은 팁을 주는 건 좋은데 모두가 뿅 간 얼굴이라는 것이 마음에 안 들어서이다.

굼 백화점은 러시아 최고의 백화점이고, 지금껏 방문한 점포는 모두 명품을 취급하고 있다.

그래서 매니저 및 종업원들의 미모가 남다르다.

미인이 많은 러시아지만 그중에서도 빼어나다. 그러니 혹시라도 현수가 매혹될 수 있기에 마음이 편치 않은 것이다.

"자! 이거 받아."

진열대 위에 있던 선물을 건네자 엉겁결에 받아 들기는 하지만 의미를 모르니 눈이 커진다.

"이거… 뭐예요?"

"뭐긴, 선물이지. 오늘이 우리 1일이잖아. 그거 선물이야."

"네에……?"

지윤은 포장지에 싸인 임페리얼 마제스티 No.1의 가격이 정확히 얼만지 알지 못한다.

다만 비쌀 것이라는 예상은 하고 있다. 아까 보았던 향수병의 목 부분에 박힌 보석 때문이다.

유사 다이아몬드라 불리는 모이사나이트(Moissanite)라 하더라도 5캐럿이라면 200만 원을 상회한다.

모이사나이트는 다이아몬드보다 뛰어난 굴절률을 가져 광채가 뛰어나고, 시베리아 등 극한지역에만 소량으로 존재하는 천연보석이라 원래는 상당히 비쌌다.

현재는 인공적으로 생산하는 데 성공하여 가격이 많이 떨어진 상태이다. 그래도 5캐럿이면 약 210만 원이다.

이곳은 명품을 취급하는 매장이다.

따라서 방금 포장된 향수는 최하가 300만 원 정도일 것이라 생각하고 있다. 모이사나이트가 있으니 병값만 250만 원이라 예상한 계산이다.

"냄새도 못 맡아봤는데……. 이거 비싼 거죠?"

향수를 사면서 어떤 향인지도 모르면서 산다는 건 말이 안 된다는 표정이다.

"아! 그렇군. 근데 이건 냄새 맡아보고 사는 게 아냐."

"네? 향수인데요······?"

현수는 지윤에게서 계부쉬까에게로 시선을 돌린다.

"계부쉬까, 여기 이거 설명해 놓은 거 있어요?"

"네! 손님, 잠시만요."

잠시 후, 내실로 들어간 아가씨가 제법 큰 입간판 하나를 끌고 나온다. 임페리얼 마제스티 No.1이 처음으로 전시될 때 세워놨던 것이라 상당히 크다.

"이게 설명문이야. 읽어봐."

조명 아래 입간판을 세워놓자 지윤은 빠른 속력으로 영문으로 된 설명을 읽는다. 러시아어를 모르는 관광객을 위해 러시아와 영어로 병기(併記)해 놨던 것이다.

"헉······! 겨우 10병만 만들었다고요?"

뭐든 희귀하면 비싼 법이다. 이 대목을 읽고 300만 원을 500만 원으로 상향하곤 표정이 굳는다.

너무 비싼 것이다. 하지만 현수는 여전히 태연하다.

"그래! 그랬다고 하는군."

"헉······! 2, 23만 달러요? 그럼 얼마예요?"

곱하기 1,175.75는 아무리 공부를 잘했어도 쉽지 않으니 금방 계산이 안 되는 모양이다.

미국과 영국에서 처음 선보였을 때의 가격은 21만 5,000달러였다. 이게 모스크바까지 오는 동안의 운임 및 보험료 등이 포함되어 23만 달러로 상승한 것이다.

현재의 환율로 환산하면 약 2억 7,000만 원이다.

그런데 방금 전에 지불한 금액은 2억 8,000만 원이다. 팔리지는 않았지만 가격이 올라간 때문이다.

어쨌든 지윤은 금방 계산을 하지 못해 잠시 어버버한 상태가 되었다.

이 대목에서 아가씨가 끼어들어 보충 설명을 한다.

"손님! 이건 세계적인 조향사 클라이브가… 여기 이 사진에 있는 이건 진품 5캐럿 다이아몬드고요. 이건 18K……."

"끄응! 이거 너무 비싸요. 취소해요."

지윤은 두어 발짝 물러선다. 엄청 비싸서 사지 않을 것이니 설명을 더 들을 필요가 없다는 제스처이다.

"이미 계산 마쳤어. 그냥 써."

현수는 카드 전표를 흔들어서 보여주었다.

"그래도요. 너무 비싸잖아요."

지윤은 몹시 부담스럽다는 표정이다.

"그거 다 쓰면 그보다 훨씬 더 좋은 향수를 넣어줄게."

"에? 이게 세계에서 제일 비싼 건데 더 좋은 게 있다고요?"

"그래! 그거 향기 정말 좋아할 거야."

현수의 아공간에는 완전 천연인 향수 몇 가지가 있다.

첫째 '아르센의 공주'는 포인세라는 식물이 주원료이다.

달콤한 바닐라 향과 시원한 페퍼민트 향이 조화되어 심신을 편안케 하는 효능이 있다.

또한 세상 만물의 부패를 억제하고, 악취를 제거하는 기능도 있어서 산화되어도 향이 변하지 않는다.

포인세는 카이로시아의 집무실 창가에서 시들어가던 식물이다. 기는 줄기 식물인데 기름진 토양과 마나가 풍부하고, 수분 및 일조량이 많은 곳에서만 서식한다.

하여 골드 드래곤 켈레모라니의 레어 근처 호숫가에 대량으로 서식하게 한 뒤 향수의 원료로 채취하곤 했다.

둘째 '디오나니아의 눈물'은 식인, 식충식물인 디오나니아의 꽃에서 추출한 것이다.

매혹적이며 그윽한 향이고, 이성을 유혹하는 효능이 있다.

디오나니아는 여러 목적으로 이용되었다.

열매는 부작용과 거부 반응 없는 진통제의 원료이다.

잎사귀는 성능 뛰어난 방탄복의 주재료가 된다.

잎사귀 수액은 복원력이 뛰어나 상처 치료제의 원료가 된다.

가시엔 독성분이 있는데, 이를 이용하면 만능 해독제를 만들 수 있다.

뿌리만 멀쩡하면 위를 전부 베어내도 금방 자라난다.

가끔 인간 같지 않은 쓰레기를 주면 양분으로 흡수하니 정상적인 인간에겐 매우 이로운 식물이라 할 수 있다.

셋째는 '엘프의 숨결'이라는 향수이다.

아르센 대륙의 세계수는 10년마다 열매를 맺는다.

지구의 바나나와 비슷하게 생겼는데 잘 익은 복숭아 맛이 난다. 과육은 먹기 좋을 만큼 부드럽다.

과즙은 풍부하면서도 달착지근하여 남녀노소 모두가 매우 좋아한다. 그리고 아무리 많이 먹어도 살찌지 않는다.

엘프들은 매 10년마다 이걸 먹기에 1,000년 수명이 유지된 다고 생각한다.

이것의 껍질은 특수한 방법으로 발효시킬 때 아주 달달한 향기를 뿜는다.

이걸 몸에 바르면 모기와 같은 해충이 달려들지 않을 뿐만 아니라 머리를 상쾌하게 하고, 쾌적한 기분을 느끼게 한다.

하긴 세계수의 열매인데 인간에게 해롭겠는가!

어쨌거나 현수가 이를 정제하여 천연 향수로 만들었더니 아내들 모두가 좋아했다.

하여 왕창 만든 후 아내와 자식들뿐만 아니라 신하와 백성 들에게도 두루 나눠주곤 했다.

세계수가 맺는 열매의 양이 워낙 많았기에 가능한 일이다.

백두산 동남쪽 30㎞ 지점의 삼지연에도 현수가 심어놓은 세계수가 있지만 불행히도 열매를 맺지 않는다.

왜 그럴까 생각해 보니 엘프들이 돌보지 않아서이다.

하여 은퇴한 엘프들을 데려다 놓으니 그때부터 열매를 내놓기 시작하였다.

지구에서 가장 큰 나무는 호주 빅토리아 지방에 있는 '유칼립투스 엘리건스(Eucalyptus elegans)'이다.

1872년에 측정했을 때 132.6m였는데, 윗부분이 손상되었기에 원래는 150m 정도였을 것으로 추정한다.

가장 굵은 나무는 캘리포니아의 세쿼이아국립공원에 있는 '셔먼 장군(General Sherman)'이다.

이 나무의 둘레는 31.3m나 된다.

한편, 아르센 대륙의 세계수는 높이 300m에 둘레 85m이다. 엘프들이 말하길 전승되어 오는 기록에 따르면 이보다 큰 세계수도 있었다고 한다.

어쨌거나 유칼립투스 엘리건스의 2배이고, 셔먼 장군의 2.7배이다. 이렇게 크니 얼마나 많은 열매가 맺히겠는가!

전북 고창에는 '도덕현 유기농 포도원'이라는 곳이 있다.

한 그루의 포도나무가 있는데, 무려 4,500송이가 맺힌다. 참고로, 보통은 한 그루에 50~100송이가 맺힐 뿐이다.

세계수가 도덕현 유기농 포도원의 그것과 같은 크기였다면 1만 3,500송이쯤 맺혔을 것이다.

실제로는 유기농 포도원 포도나무보다 몇백 배나 큰지라 정말 어마어마하게 많은 열매가 맺힌다.

그래서 '엘프의 숨결'이 '아르센의 공주'와 '디오나니아의 눈물' 보다 훨씬 많이 아공간에 담겨 있다.

아르센의 공주와 디오나니아의 눈물은 원액이 각각 30,000리 터씩 있다.

이 정도 양이면 50㎖짜리 60만 병, 30㎖짜리는 100만 병씩 만들 수 있다.

엘프의 숨결은 이보다 훨씬 많아서 50㎖짜리 1,200만 병, 30㎖짜리 2,000만 병을 만들 수 있다.

이들 세 가지는 100% 천연이고, 인간에게 유용한 효능을 가졌다. 게다가 향기까지 그윽하다.

따라서 '임페리얼 마제스티 No.1'이라는 거창한 이름을 가 진 향수보다 훨씬 더 좋아하게 될 것이다.

아공간에는 이와는 별도의 향수들이 있다.

이실리프 제국이 기틀이 완전히 다져진 2036년부터 서기 4946년까지 2,910년 동안 제국의 조향사들이 심혈을 기울여 조합해놓은 100가지 향수이다.

이와는 별도로 아르센 대륙과 콰트로 대륙, 그리고 마인트 대륙의 자연산물을 조합하여 만든 향수도 100가지씩 있다.

이밖에 달과 화성 등에 있는 제국의 영토에서 만든 것들도 상당히 많다.

세어보지 않아 정확한 양은 알 수 없지만 다 합치면 최소 800가지는 있을 것이다. 이러니 더 좋은 향수를 줄 수 있다고 큰소리 칠 수 있는 것이다.

"치이! 거짓말이죠? 괜히 나 이거 쓰게 하려구요."

"아냐! 진짜 아냐. 그리고 이것도 받아."

현수는 등 뒤에 감추고 있던 장미 다발을 내밀었다.

"엥? 이건 어디서……?"

점원 아가씨가 건너편 꽃집을 다녀온 걸 못 본 모양이다.

"오늘이 1일이잖아. 근데 향수만 주면 섭섭하지 않겠어?"

"드레스도 사주셨잖아요. 속옷도 그렇구요."

"그건 파티 때 입어야 하니까 구입한 거지. 아! 파티 때 이 향수 뿌려. 그럼 되겠다."

"…고마워요. 근데 제가 이런 걸 받아도 되는지……."

지윤은 말을 맺지 못하였다.

"응! 돼. 그러니까 부담 갖지 마. 알았지?"

"다음부터는 이러지 마세요. 부담스러워요."

"알았어! 오늘까지만 이러자."

지윤은 점원 아가씨의 융숭한 대접을 받으며 향수 사용법에 대한 설명을 들었다. 샤넬에서 구입한 것에 대한 것도 포함되어 있었다.

"이제 로션 사고, 구두랑 양말, 그다음에 팔찌 사러 가자."

"네에."

나머지 쇼핑은 제법 긴 시간이 걸렸다.

이리냐가 요청한 로션 때문이다.

이리냐에게 화장품이 거의 없다고 하니 로션만 발라서는

안 된다며 폼 클렌징, 화장수, 토너, 아이 크림, 에센스, 영양 크림, 자외선 차단제 등을 구입해야 했던 것이다.

본인이 신을 구두와 양말은 채 10분도 걸리지 않았고, 팔찌 구입도 금방 끝났다.

아샤의 눈물에서 제일 비싼, 그렇지만 금과 다이아몬드로 적당히 장식된 평범한 팔찌를 구입했다.

금 팔지의 겉면에 작은 다이아몬드들이 잎사귀 모양으로 세팅된 것인데 총 86캐럿이라고 하였다.

가격은 2,000만 루불이었다. 한화로 3억 2,000만 원이다. 이와 어울리는 귀걸이도 샀다. 가격은 200만 루불이다.

쇼핑을 마치고 나온 시각은 오후 7시가 넘었다.

둘은 호텔에 당도하자마자 레스토랑에서 식사를 했고 곧장 스위트룸 A로 들어갔다.

현수와 지윤이 누군지 모르는 사람이 보면 초저녁부터 밤일 하러 들어가는 것으로 보였을 것이다.

"오늘 돈 너무 많이 쓰셨어요. 안 그러셔도 되는데요."

"괜찮아."

"다음부터는 이렇게 비싼 거 사지 마요."

"내가 돈 쓰는 속도보다 늘어나는 속도가 더 빠른데?"

2016년 11월 현재 시중은행의 1년 만기 정기예금 금리는 평균 1.5%이다.

현수의 개인 재산인 1조 달러는 한화로 1,175조 7,500억 원에 해당된다.

이를 1년짜리 정기예금으로 예치하면 17조 6,362억 5,000만 원의 이자가 발생된다.

한국이라면 여기서 이자세 15.4%가 원천징수 되니 실제 이자 수입은 14조 9,202억 6,750만 원이다.

이를 365로 나누면 하루 이자가 계산된다.

408억 7,744만 5,000원!

현수는 오늘 20억 원 가량 썼다.

하루 이자의 20분의 1도 못 되는 금액이다. 이러니 돈을 쓰는 속도보다 늘어나는 속도가 빠르다고 말한 것이다.

사실은 20억보다 훨씬 많이 썼다. 도로시를 통해 지시한 것이 있기 때문이다.

호텔로 돌아오는 동안 도로시는 런던의 헤롯(Harrods)백화점에 전시된 임페리얼 마제스티 No.1을 사들였다.

이실리프 제국은 상당히 많은 왕국으로 구성되어 있다.

평행차원의 지구는 현재 198개로 나뉘어 다스려지고 있으며 현재도 그럴 것이다.

현수의 이름을 따서 하인스 행성이라 이름 붙여진 저쪽 세상의 아르센, 마인트, 콰트로 대륙도 그러하다.

참고로, 이들 대륙은 각각 지구의 육지 전체보다 넓다.

이뿐만이 아니다.

달과 화성, 그리고 목성의 위성인 유로파와 토성의 위성인

타이탄과 엔셀라두스 등 외계 영토들도 여러 왕국으로 분할
되어 통치되고 있다.

이들 왕국들의 수효는 총 1,985개이다.

어떻게 하다 보니 현수의 출생연도인 1985년과 같은 숫자가
되었다.

어쨌거나 왕국 숫자가 이러니 국왕도 1,985명이 있다. 이들
은 모두 현수의 직계 후손이다.

*　　　　*　　　　*

최초로 이실리프 제국이 형성되었던 지구와 아르센 대륙,
그리고 마인트 대륙에는 공통적인 속담이 있다.

그것의 속뜻은 '사람을 믿지 말라'는 것이다. 물론 글자까
지 동일한 것은 아니다.

지구 ― 검은 머리 짐승은 거두는 게 아니다.

아르센 대륙 ― 흔들리는 것이 사람 마음이다.

마인트 대륙 ― 너의 비밀을 남에게 알리지 말라.

속담은 결코 우연히 생기지 않는다.

사람들이 모여 이런 저런 일을 겪으면서 자연발생적으로 생
기고 전해진다. 선조가 후손들에게 주는 교훈인 것이다.

현수는 이를 확실하게 받아들였다. 하여 다음과 같은 법률을 반포한 바 있다.

나의 후손이 아닌 자는 왕위에 오를 수 없다. 따라서 왕이 되려면 반드시 후손임이 증명되어야 한다.

이 법률은 초대황제 이외엔 한 획도 수정할 수 없다.

이런 법안이 만들어진 이유는 여러 번 겪었던 시행착오가 큰 역할을 했다.

이실리프 제국 초기엔 성실, 유능하며, 공평무사(公平無私)하다고 판단되는 이에게 국왕과 동등한 권력을 위임하는 '총독제(Governor system)'를 실시한 바 있다.

현수의 후손이 국정을 책임질 만큼 성숙하지 못했거나 왕위에 앉기에 부족하다 판단되는 때에 실시되던 일이다.

총독은 자격을 갖춘 왕이 즉위할 때까지 전권을 가진다.

처음 임명장을 받을 때에는 제 살이라도 떼어줄 듯한 충성심을 보였다.

하지만 몇 년 지나지 않아 사리사욕을 채우고, 부정부패를 일삼았으며, 매관매직을 서슴지 않기도 했다.

아울러 불편부당한 처사로 백성들의 마음에 상처 주는 일이 잦았다.

하긴 탐관오리(貪官汚吏)가 어찌 백성을 보살폈겠는가!

게다가 이웃나라를 침공하여 영토 확장을 획책하기도 했다. 현수의 후손이 다스리는 다른 나라를 공격한 것이다.

이때의 지구는 이실리프 제국으로의 편입을 바라는 국가들이 너무 많았던 시기였다.

일체의 세금을 걷지 않고, 물가가 몹시 저렴하며, 살기에 쾌적하니 당연한 일이다.

어쨌거나 모두를 받아줄 수는 없었다.

제국은 세금을 포함하여 종교와 범죄, 그리고 도박과 마약 및 흡연이 없는 세상을 이루려 했다.

하여 범죄율이 너무 높거나 특정종교 신자가 많은 나라들을 골라내야 해서 정신없이 바빴다.

같은 시기의 아르센 대륙과 콰트로 대륙, 그리고 마인트 대륙은 많은 국가들로 분열되고 있었다.

때문에 현수는 매일매일 동분서주했다.

그 틈을 타고 총독들이 일종의 배신을 한 것이다.

바쁜 일을 어느 정도 마무리한 현수는 쉴 겸 변복(變服)을 하고 유랑길에 나섰다.

제국의 백성들이 어떤 삶을 살고 있는지, 무엇을 더 보살펴 주어야 하는지를 가늠하기 위한 미행(微行)[2] 이었다.

그러다가 왕국간 전쟁이 발발했다는 소문을 들었다.

---

2) 미행(微行) : 지위가 높은 사람이 무엇을 몰래 살피기 위하여 남루한 옷차림을 하고 남 모르게 다니는 일. 간행(間行) 또는 미복잠행(微服潛行)과 같은 말

모두 자신의 후손들이 다스리니 '왕국들은 서로 전쟁하지 말라' 고 했던 자신의 황명을 누군가 어긴 것이다.

사실 파악은 금방 끝났다.

'올웨이즈 텔 더 트루스(Always tell the truth)' 마법은 고문 없이 진실을 파악하는 데 더없이 유용했다.

범죄를 저지른 총독과 탐관오리들은 즉각 삭탈관직 되었다.

아울러 동조했던 일당들과 더불어 형장에서 비명을 지르는 신세로 전락했다.

장형(杖刑), 태형(笞刑), 압슬형(壓膝刑) 등 비명을 지르지 않고는 버틸 수 없는 형벌이 내려진 것이다.

형벌은 공개된 장소에서 실시되었고, 추호의 사정도 봐주는 일 없었다. 일벌백계의 일환이다.

그다음은 재산 몰수 후 추방이다.

감옥에 가둬놓은 채 백성들이 만든 것으로 먹이고, 입히고, 씻기고, 재우는 일을 왜 한단 말인가!

하여 가장 살인률이 높았던 멕시코, 엘살바도르, 베네수엘라, 남아프리카공화국 등으로 보냈다.

그곳에서 죽든지 살든지 그런 건 알 바 아니다.

이런 일이 있은 이후 반드시 검증된 후손만이 국왕이나 그에 합당한 자리에 앉을 수는 법률이 반포(頒布)된 것이다.

장차 콩고민주공화국과 체르노빌 일대를 조차지로 운영할 계획이다. 당분간은 현수가 모든 일을 진두지휘하겠지만 언젠

가는 누구에게 맡겨야 한다.

그 일을 맡을 사람은 당연히 후손이어야 한다. 그런데 김지윤 혼자서는 많은 아이를 낳을 수 없다.

도로시는 조차지가 두 곳이니 최소 한 명 이상의 황후가 더 있어야 하는데, 조인경이 가장 적합하다는 말을 끊임없이 지껄였다.

얼마나 많이 들었는지 귀에 딱지가 앉을 정도이다.

출장을 와서 김지윤에게만 향수 등을 선물하고, 조인경에게는 입을 씻을 경우 훗날 불만의 목소리가 나올 수 있다.

사소한 틀어짐이 더 큰 균열을 야기할 수 있으므로 늘 공평해야 한다는 것이다.

결국 도로시의 뚝심이 성과를 이뤄냈다. 그래서 헤롯 백화점의 것을 사들인 것이다. 이제 임페리얼 마제스티 No.1은 돈이 있어도 구입할 수 없는 물건이 되었다.

헤롯백화점은 세계 최고의 부자에게 몹시 싹싹했다.

상품은 담당직원이 직접 스위트룸 B까지 배송할 것이며, 추가로 필요한 것이 있을 수 있으니 각종 명품의 카탈로그나 브로슈어를 제공하겠다고 했다.

바로 조인경에게 배송할 수 있으면 좋겠지만 당분간은 모든 출입이 금지된 국가인지라 불가능해서이다.

지윤이 드레스를 구입한 굼 백화점의 디자이너 숍에도 추가 주문이 들어갔다.

1956년 아카데미 시상식에서 오드리 헵번이 입었던 드레스와 같은 걸 만들어 달라는 것이다. 이 드레스 역시 어깨와 쇄골이 노출되는 디자인이다.

어쨌거나 지윤은 오늘 지출이 너무 과했다고 생각한다.

회사로부터 많은 돈을 포상금으로 받았음에도 계속 서민의 삶을 살았으니 어쩌면 당연한 생각이다.

"그래도요. 남들이 욕해요."

"……!"

현수는 남들의 시선에 일희일비하는 일반인이 아니다.

아주 오랜 세월 동안 늘 최고급, 최상급으로 살아온 황제이다. 그러니 오늘의 지출 같은 건 신경도 안 쓴다.

실제로 현수의 재산만으로도 수영장에서 티스푼으로 한 숟가락 퍼낸 것밖에 안 된다.

도로시가 관리하는 The Bank of Emperor의 것까지 포함하면 수영장이 아닌 서해 전체가 된다.

아공간에는 온갖 것들이 그야말로 첩첩이 쌓여 있다. 그중엔 금은보화도 당연히 포함되어 있다.

따라서 이것과 비유하자면 태평양에서 티스푼으로 한 숟가락 퍼낸 것밖에 안 된다.

이러니 남들이 욕한다는 걸 잠깐 이해하지 못했다. 하지만 이내 무슨 뜻으로 한 말인지를 깨달았다.

"아셨죠? 이제 그러지 마세요."

"노력할게. 대신 이번 파티는 아주 성대하게 해야 해."

"알았어요. 소원대로 아주 크고 화려하게 준비해 볼게요. 그나저나 저쪽 룸에 계시는 분은 누구세요?"

아까부터 꾹꾹 눌러왔던 것을 이제야 묻는다.

"이리냐라는 아가씨야."

"이리냐요? 전부터 아는 분이나 보네요."

"전부터……? 그래, 그렇다면 그런 거지."

"……!"

갑자기 반응이 없다.

"사정이 있어서 챙겨주려는 거야."

"……!"

전부터 아는 것이 분명하다. 그런데 사정이 있다는 건 뭔지 전혀 짐작도 못한다.

하긴 어찌 몸 파는 아가씨를 데려왔다고 상상하겠는가!

"생각난 김에 화장품이랑 향수 갖다 주게 챙겨줄래?"

"네! 근데 오늘은 여기서 주무실 거예요?"

"응? 그건 왜?"

"그, 그냥요."

지윤의 두 볼이 잘 익은 능금처럼 붉어진다.

현수가 '오늘부터 1일' 이라고 하였다. 그럼 오늘이 '첫날 밤' 일 수도 있다. 이런 생각을 하니 갑자기 부끄러운 것이다.

이런 속내를 현수가 어찌 짐작이나 하겠는가!

"그래! 그럴 거야."

별 뜻 없이 대답하곤 화장품이 든 쇼핑백을 건네받았다.

"은은한 향수는?"

"안에 같이 넣어놨어요. 샹스 오 땅드르 오드 뚜왈렛이라고 이름 길었던 거 기억나시죠?"

"알지. 점원이 뭐라고 했더라? '그레이프 후르츠와 모과향이 재스민과 어우러져 화이트 머스크의 둥글고 여성적인 노트에 의한 따스하고 낙천적 여성의 향'이라고 했던가?"

"와! 기억력 좋으시네요. 그걸 다 기억하시는 거예요?"

진심으로 놀란 표정이다.

"그렇지 뭐! 근데 이게 무슨 뜻이었어? 지윤 씨는 아는 것 같던데. 안 그래?"

고개를 끄덕였던 것을 이야기하는 것이다.

"아뇨! 저도 몰라요. 점원이 이것저것 짬뽕해서 설명한 건가 봐요. 조금 이상해서 걸러 들었어요."

"그렇지? 뭔가가 엉망으로 섞인 거지?"

"네, 저도 그렇게 생각해요."

"아까 향수 세 병 사지 않았어? 나머지 둘은? 지윤 씨가 쓰려고?"

필요하다면 더 사주려는 의도의 말이다.

"아뇨! 그건 비서실 이수린 대리와 이은정 사원에게 주면 어떨까 싶어서요."

"아! 그거 좋은 생각이야. 미처 생각을 못 했네."

접촉한 시간이 적어서 둘을 위한 선물을 살 생각조차 안 했음을 떠올리니 신형섭 사장과 이연서 총괄회장, 그리고 박준태 전무와 최규찬 해외영업부장 등도 챙겨야 한다.

"내일 특별한 일이 없으면 굼으로 가서 회장님과 사장님, 그리고 임원들 줄 선물도 챙겨놔 줘."

"네. 그럴게요. 암튼 다녀오세요."

"그래! 쉬고 있어."

현수가 쇼핑백을 들고 나가자 지윤은 욕실로 들어갔다. 그러곤 정성스레 샤워를 시작했다.

구석구석 아주 세심하게!

*　　　*　　　*

띵똥―!

"누구세요?"

"나예요. 킴!"

"아! 자, 잠시만요."

이리냐는 얼른 거울을 보며 얼굴과 머리카락, 그리고 의복을 살핀다. 잘 보이고 싶은 본능이다.

잠시 후 문이 열린다.

이리냐는 오전에 구입한 와인색 블라우스와 스커트 차림이다. 남자들이 좋아한다는 검은색 스타킹도 신었다.

"드, 들어오세요."

"그래요. 저녁 먹었지요?"

"네! 시켜주셔서 잘 먹었어요."

도로시에게 지시하여 백화점에 있을 때 룸서비스를 신청했다. 오래전의 이리냐가 좋아했던 메뉴로 주문했으니 진짜 잘 먹었을 것이다.

"미안해요. 하루 종일 심심했지요?"

"네? 아, 네에. 아니에요. 괜찮아요."

"일단 좀 앉을까요?"

"어머! 내 정신 좀 봐. 이, 이쪽으로 앉으세요."

소파의 상석을 손으로 가리킨다.

자리에 앉은 현수는 쇼핑백을 탁자 위에 얹었다.

"은은한 향수와 로션 사왔어요. 사는 김에 화장품 몇 가지 더 샀으니 써요."

쇼핑백을 당겨 안을 들여다보았던 이리냐의 눈에 금방 습기가 가득하다.

"…고마워요. 흐흑! 흐흐흑!"

문득 본인의 처지가 처량함을 느낀 때문이다.

"울지 마요. 이제 괜찮아질 거예요."

다른 건 다 몰라도 이리냐가 춥고, 배고프며, 굴욕적인 삶을 살았다는 것을 알기에 부드러운 말로 다독인 것이다.

잠시 어깨를 들썩이던 이리냐가 이내 흐느낌을 멈춘다.

"흐흑! 고마워요. 정말 잘할게요. 미스트르 킴이 원하시는 건 뭐든 할게요. 진짜 고마워요."

"정말 내가 원하는 건 뭐든 할 거예요?"

"네! 뭐든지요."

이리냐의 고개가 크게 끄덕여진다. 진심인 것이다.

"그래요! 그럼 내가 마음 편하게 이야기할게요."

"네, 말씀하세요."

이리냐는 현수와 시선을 마주치는 한편 귀를 쫑긋 세웠다. 한마디로 놓치지 않겠다는 의지이다.

"이리냐! 내가 이리냐에게 도움을 주고 싶어요."

"네? 왜 저 같은 거에게……."

"저 같은 거라니요? 이리냐가 어때서요?"

"저, 저는… 진짜 아무것도 없는 거지예요. 처녀도 아니구요. 하인스 킴 님을 모시기에 너무나 더러워요."

"그건 괜찮아요. 아무튼 들어봐요. 내가 러시아에서……."

조자치를 얻는 대가로 러시아에 항온의류 유럽총판권을 넘기는 이야기를 했다.

이리냐는 대체 무슨 영문인가 하는 표정이지만 중간에 말을 끊지는 않았다.

"그래서 나는 이리냐가 지르코프 상사 상임감사(常任監事)가 되어 줬으면 해요."

"네에? 제가 상임감사를요?"

이리냐는 다소 놀란 표정이다.

회사에 다녀본 적이 없으니 감사가 무슨 일을 하는지조차 모르지만 중책인 듯 싶은데 자신이 없어서이다.

그러거나 말거나 현수의 말이 이어진다.

"사장 바로 아래 직급이지만 그의 지휘는 받지 않아요."

"……!"

부하인데 지휘를 받지 않는다니 이해되지 않는 표정이다.

"이리냐는 내게 직통으로 보고하면 돼요."

"아……!"

이제야 무슨 일을 하는 건지 이해된다.

"지르코프 상사가 정가에 파는지, 이익금 배당은 제대로 하는지 살펴보는 일을 해주세요."

"이익금 배당 비율은 어떤데요?"

"지르코프 상사가 8이고, 내가 1이에요."

"어? 그럼 나머지 1은요?"

"블라디미르 푸틴 알죠?"

Chapter 03

—

푸틴 알죠?

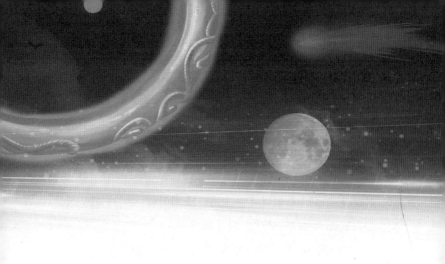

"설마, 블라디미르 푸틴을 몰라요?"

"……!"

러시아 짜르의 이름이 나오자 눈에 뜨이게 경직된다.

"저! 그런 일 해본 적이 없어요."

잘못했다간 죽을 수도 있다는 생각을 한 모양이다.

"모스크바에 이리냐가 살 집을 지어줄 거예요. 유능한 비서들도 지원해줄 거구요."

"그래도 자신 없어요. 그 사람들이 절 속일 수 있잖아요."

푸틴의 돈을 떼어먹는 데 일조하면 무조건 죽을 것이라 생각하는 모양이다.

"그건 걱정 안 해도 돼요. 내가 보내는 비서실장이 알아서 다 걸러낼 테니까요."

이리냐궁의 집사로 재직하게 될 휴머노이드는 비서실장 일까지 겸임한다. 그를 속인다는 것은 불가능하다.

길 건너 지르코프 상사의 모든 대화와 통신을 감청할 뿐만 아니라 컴퓨터에 입력되는 숫자까지 파악할 것이기 때문이다.

"그, 그럼 그분 시키면 되지 않을까요?"

푸틴 때문에 책임지는 일을 맡기 두려운 것이다.

"아뇨! 나는 이리냐가 맡아주길 원해요."

"저, 진짜 그런 거 해본 적 없단 말이에요."

현수가 물러서지 않으니 금방이라도 울 듯한 표정이다.

"괜찮아요. 지르코프 상사가 제대로 돌아가려면 앞으로 1년 이상 걸릴 거예요. 어쩌면 더 늦어질 수도 있고요. 그동안 열심히 공부하면 될 거예요."

"히잉! 그래도요. 일 제대로 못 할까 봐 두려워요."

본인의 뜻이 받아들여지지 않으니 답답한 듯하다.

"이리냐 학교 다닐 때 혹시 꼴찌 했어요?"

"아뇨! 전교 1등은 못 해봤지만 2등까지는 해봤어요."

실제로 이러했다. 가정 형편만 어려웠을 뿐 이리냐는 모든 면에서 탁월한 학생이었던 것이다.

"그럼 똑똑한 거네요. 그럼 충분해요."

"그래도요. 저는 무서워요."

"혹시 푸틴 대통령 때문에 그래요?"

"……!"

정곡을 찔러버리자 대답하지 못한다.

"괜찮아요. 무서운 사람 아니고, 내게 엄청 살갑게 하는 분이에요. 이리냐가 실수해도 100번은 용서하라고 할게요."

푸틴이 누군가를 100번이나 용서한다는 건 상상도 할 수 없는 일이다.

항간에 떠도는 소문이 있다.

누구든 푸틴의 비위를 거스르면 체르노빌과 후쿠시마의 파괴적인 맛이 속속들이 배어 있는 '방사능 홍차'를 마시게 된다는 것이다.

연간 생산량이 100g밖에 안 된다는 희귀한 물질인 폴로늄[3]이 들어 있는 홍차인데, 크렘린에서 직접 제조하는 것으로 소문나 있다.

이걸 마시면, 당연히 죽는다!

참고로, 폴로늄의 독성은 청산가리의 무려 2억 5천만 배 정도 된다. 초소형 핵폭탄인 셈이다.

어쨌거나 방사능 때문에 목숨을 잃은 사람이 여럿 있는데, 러시아에서 망명한 FSB 요원과 반체제 인사들이 다수 포함되어 있어 이런 소문이 번진 것이다.

"……!"

---

3) 폴로늄(polonium) : 강력한 방사성 원소의 하나. 우라늄 광석에 들어 있는 회백색의 금속으로, 1898년에 퀴리 부부가 라듐과 함께 발견하였다

이리냐는 고개를 들어 현수와 시선을 바라본다. 본능적으로 진심인지 아닌지 가늠해 보려는 것이다.

"이리냐를 도울 개인 교사들도 고용해 줄 테니 열심히 공부해요. 알았죠?"

"네, 근데 저 머물 집도 없어요."

"그냥 여기에 있으면 돼요."

"네……?"

이 방은 이 호텔에서 가장 비싼 객실이니 하루만 머물러도 숙박비가 엄청나다. 하여 놀란 표정이다.

"이 방은 앞으로 1년간 이리냐가 쓰는 걸로 되어 있어요."

"……?"

"숙박비 걱정 하지 말아요. 이미 다 지불했으니."

말은 이렇게 했지만 아직 지불하진 않았다. 방금 전에 신일호를 보내 협상하도록 했을 뿐이다.

"여길요?"

"네! 좁아요?"

"아, 아뇨! 너무 너무 크죠."

"그래요! 그리고 아까 준 카드 있죠?"

"네, 잠시만요."

이리냐는 대답도 기다리지 않은 채 후다닥 달려가 신용카드를 가져와 내민다. 근데 종이 몇 장이 끼어 있다.

"어! 이건 뭐예요?"

"오늘 백화점에서 물건 산 거 영수증이에요."

흘깃 보니 속옷 두 벌과 겉옷 한 벌뿐이다.

"더 사지 그랬어요."

"그게…, 자고 일어났더니 몸에서 이상한 냄새가 나서…. 빨리 와서 씻으려고…. 남들에게 폐 끼치면 안 되잖아요."

이러냐는 숨김없이 다 털어놓았다. 이게 본래의 성품이다.

"향수도 그래서 사오라고 한 거예요?"

"네! 근데 왜 그런 거죠? 이 방에서 자서 그런 건가요?"

"아뇨! 내가 마시라고 줬던 거 있죠?"

"네! 저기……."

탁자 위의 크리스털 병은 말끔히 비워져 있다.

"저건 E—W라는 것인데, 혹시 Y—그룹 알아요?"

"알아요! 방사능 정화장치도 만들고 그런 회사잖아요. 아까 뉴스에서 봤어요."

"그럼 내가 누군지 알겠네요."

"네! Y—그룹 총수이신 하인스 킴 님이잖아요."

"좋아요! 나를 알고 Y—그룹을 아니, 말하기 편하네요. 저기 저 병에 담겨 있던 것은……. 그래서 냄새가 나는 거예요."

현수는 엘릭서 화이트에 대한 설명을 해주었다.

"네에? 아무리 그래도 그렇지 제 몸에 그렇게 더러운 것들이 있었단 말이에요?"

"맞아요. 평생 동안 쌓인 노폐물이죠. 그래서 냄새가 심한 거예요. 짧으면 3일 길면 일주일 동안 날 거예요."

"그다음에는요?"

"그 뒤부터는 냄새도 안 나고 노폐물이 축적되지도 않아요. 면역력이 높아져서 병에도 걸리지 않고요."

오관의 균형이 잡혀 더 아름다워지고, 노화까지 억제된다는 말은 하지 않았다.

"네에? 그, 그렇게 귀한 걸 왜 제게……?"

믿어지지 않을 정도로 귀하다 생각한 것이다.

"이리냐가 전생에 나라를 구해서요."

"네……?"

대체 뭔 소린가 하는 표정이다.

다음 달 초부터 방영될 드라마 '도깨비'엔 전생에 나라를 구한 남자가 등장한다.

천우그룹에 입사 지원을 했던 극중 인물 김우식이다. 그는 합격 통지에 이어 럭셔리한 아파트 앞에 서 있다.

"회사에서 제공하는 주택입니다."

이에 놀란 표정으로 이렇게 묻는다.

"네? 저한테요……?"

"네. 면접을 잘 보서서요."

다음은 리모컨으로 자동차 문을 열며 말한다.

"회사에서 제공하는 차량입니다."

"네? 저한테요……?"

"네에! 면접을 너~무 잘 보셔서요."

사내는 안주머니에서 봉투를 꺼내 건넨다.

"5월 초하루에 태어날 사내아이의 이름입니다. 대대손손 세상을 밝히는 큰 사람이 될 겁니다."

"제 아이가요?"

"네."

"저, 근데 아까부터 계속 누구신지……?"

"아! 인사가 늦었습니다. 천우그룹 사장 김도영입니다."

본인이 지원한 회사의 대표가 직접 온 것이다. 이에 김우식은 깜짝 놀란 표정을 짓는다.

"에? 사장님이요?"

사장이 인자한 표정으로 고개를 끄덕이자 감격한 김우식은 눈물을 훔치고 나서 이렇게 묻는다.

"저, 근데 저한테 왜 이런 과분한 걸 주시는 건지……."

이에 대한 사장의 대답은 다음과 같다.

"전생에 나라를 구하셔서요."

참고로, 현생의 김우식은 전생에 상장군 김신의 명을 받아 그의 가슴에 검을 꽂아 넣었던 부관이다.

그는 검을 꽂은 후 이렇게 말한다.

"용서하십시오. 곧 따라가 뵙겠습니다."

그러곤 상관의 가슴에 검을 박아 넣었다는 죄책감에 오열

한다. 이때 뒤에 서 있던 놈이 김우식의 목을 베었다.

현수는 이 드라마 중 딱 이 부분만 보았다.

딱히 보고 싶어서 본 게 아니라 우연히 스치듯 보았는데, 그게 인상적이었던 모양이다.

그렇지 않고서야 이 대목에 '전생에 나라를 구하셔서요.' 라는 패러디를 어찌 할 수 있겠는가!

사실, 오래전에 세상을 뜬 이리냐는 나라를 구한 것과 맞먹을 만큼 내조를 잘했다.

늘 사랑스러웠고, 늘 다정했다. 그리고 정열적이었으며, 많은 아이들을 낳아주었다. 현수에게 나라를 구해준 것만큼 큰일을 해준 것이니 이런 말이 나온 모양이다.

어쨌거나 이리냐는 대번에 눈이 동그랗게 커진다.

"농담이구요. 이리냐가 적임자라 생각해서 준 거예요."

"에? 어제 처음 보셨잖아요."

"나는 사람을 척 보면 알아요."

"......!"

"내가 괜히 세계 최고의 부자가 되었겠어요? 머리가 좋은데다 남들보다 뛰어난 통찰력까지 갖춘 결과예요."

결국 일 시키려고 엘릭서 화이트를 줬다는 뜻이다.

지르코프 상사의 상임감사가 얼마나 중요한 직책인지는 알 수 없지만 큰 책임이 따른다는 것만은 직감했다.

그러면서도 궁금하던 것이 이해되어 저도 모르게 고개를 끄덕인다.

'아! 저걸 먹어서 아래에서 나오던 냉이 없어진 거구나.'

냉(冷)이란 대하(帶下)를 한방에서 이르는 말이다.

그리고 대하란 여성의 질에서 나오는 흰색이나 누런색, 붉은색, 회색, 초록색 등의 점액성 물질이다.

여러 이유로 분비되는데, 질염이나 자궁경부염, 골반염 등 질병이 있을 때 나오는 것은 냄새가 난다.

엘릭서 화이트는 만병을 다스리고 노폐물을 배출시킨다 하였으니 이제야 이해된다는 듯 고개를 끄덕인다.

돈이 없어서 병원에 가보진 못했지만 뭔가 문제가 있었다는 건 인식하고 있었다.

여러 사내를 받아들여서 염증이 났다 생각한 것이다. 임질이나 매독 같은 성병이라곤 상상치 못했던 것이다.

"고마워요!"

이라냐는 진심을 담아 정중히 머리를 숙였다.

"뭐든 필요한 게 있으면 언제든 이 카드로 사요. 그리고 이건 내 명함이에요. 급한 일 있으면 연락해요."

명함을 건네니 소중한 보물을 받은 듯 유심히 살핀다. 그러곤 고개를 들어 현수를 바라본다.

"오늘은…, 여기서 주무실 거죠?"

아무리 둔감한 현수라도 어찌 무슨 뜻인지 모르겠는가! 있겠다고 하면 육탄 돌격을 할 것이다.

"근데 어쩌죠? 가봐야 할 데가 있어요."

"그럼 언제 오시나요?"

약간 초조한 듯 보였다. 우연히 잡은 너무도 굵은 동아줄을 놓치기 싫은 것이다.

"글쎄요. 그건 가봐야 알아요. 늦으면 연락할게요."

"휴우……! 네에."

세계 최고의 부자이니 여기저기 협상할 곳이 많아 생각하곤 힘없이 고개를 끄덕인다.

자리에서 일어난 현수는 지윤이 있는 스위트룸으로 돌아와 어젯밤 잠들었던 침실로 들어갔다.

"휴우~!"

긴 한숨을 쉬며 넥타이를 풀었다. 기다렸다는 듯 도로시의 음성이 들린다.

'폐하! 이리냐 님은 어쩌시려고요?'

'왜 님이야? 이리냐도 황후 후보에 올려놓은 거야?'

'폐하께서 측은하다 느끼시는 것 같아서요.'

'측은하게 생각하면 다 받아들여야 해?'

'아뇨. 그건 아니에요. 참! 이리냐 님의 노폐물 배출은 나흘 째 되는 날 끝나요.'

'나흘?'

'네! 그때 다시 생각해 보세요.'

'뭘 다시 생각해?'

'엘릭서 화이트를 복용하여 모든 질병이 치료되었고, 오장육부를 비롯한 모든 기관이 리뉴얼된 거잖아요.'

'그래서?'

'처녀는 아니지만 누구보다도 깨끗한 몸으로 바뀌었…….'

무슨 말을 하려는지 대번에 이해된다. 하여 말을 끊었다.

'그만! 이러냐는 아내로 받아들이지 않을 거야.'

'왜요? 장차 통치하실 자치령은 면적이 넓으니 여러 개로 분할하는 게 효율적이에요. 이 지도를 보시면…….'

*   *   *

눈앞에 지도가 뜬다.

콩고민주공화국에서 제공하기로 한 조차지의 지형 및 도로를 감안하여 4개 권역으로 분할해 놓았다.

'이 지도는 뭐지?'

'뭐긴요. 마스터플랜이죠.'

위성을 이용하여 지하지원 파악을 모두 마쳤는지 어디에 뭐가 얼마만큼 매장되어 있는지가 표시되어 있고, 그 인근에 관련 공장들의 입지까지 나타나 있다.

'이게 최선이야? 확실해?'

2010년에 방영되었던 드라마 '시크릿 가든'에서 주인공이

수시로 내뱉던 대사와 아주 흡사했다.

'총 128만 7,654가지 계획을 수립해봤는데 효율은 이게 최상이에요. 이대로 개발하면 비용과 시간이 가장 절약되고……'

잠시 설명이 이어진다. 어떤 의도로 마스터플랜이 짜졌는지를 이야기하는 것이다.

'괜찮죠?'

'정말 이게 최선이야? 확실해?'

'넵! 근데 뭐 부족하다 느끼시는 게 있으신가요?'

'있지.'

'뭐죠?'

'자치령 백성들이 쉬고 싶을 땐 어떻게 해?'

'에……? 못 보셨어요? 여기하고 여기, 그리고 여기랑, 여기, 또 여기랑 여기 등을 휴양지로 지정했잖아요.'

경치 좋은 곳들을 골라 계획을 짜놓기는 했다. 특히 조차지 복판에 자리 잡은 마이은돔베 호수 주변이 많다.

크고 작은 호수들의 수계 면적 합계가 약 2,300㎢에 달에 달하니 그럴 듯한 장소가 많은 모양이다.

수상 스포츠를 즐길 수 있는 시설과 편히 쉴 수 있는 리조트 설계까지 모두 마친 듯하다.

그러고 보니 자치령 태반이 완전 미개척지이다.

이를 가장 적게 훼손하면서 필요로 하는 식량을 얻어내는 방향으로 계획이 수립된 것이라 하였다.

이대로 OK 하면 도로시는 기고만장할 것이 뻔하다. 따라서 사소한 트집 하나쯤을 잡아줘야 한다.

'이건 다 민물이잖아.'

'에? 자치령이 바다에 접하지 않았으니 당연하죠.'

없는 걸 나에게 따지면 어쩌냐는 뉘앙스이다.

'그러니까. 모두 산 아니면 민물뿐이잖아. 백성들이 바다를 보고 싶으면 어떻게 하라고 할까?'

'그럼, 가서 보고 오라고 하면 되지 않을까요?'

'그보다 더 좋은 방법이 있지.'

'뭔데요?'

'인도양의 모리셔스[4] 같은 나라에서 작은 섬 또는 해변에 접한 땅을 사면 어떨까? 거기가 어렵다면 인도네시아나 말레이시아, 필리핀, 피지 같은 데도 괜찮지.'

돈은 충분하니 협상만 잘하면 살 수 있을 것이다.

'그래서요?'

'거길 개발해서 내 백성들만 쓰게 하는 거지. 조만간 마법을 쓸 수 있을 테니 포탈을 설치하면 이동하는 데 시간도 얼마 안 걸리고 말이야.'

포탈은 텔레포트 마법진으로 가동된다.

---

4) 모리셔스(Republic of Mauritius) : 아프리카의 동쪽, 인도양 남서부에 있는 섬나라. 수도는 포트 루이스(Port Louise)

마나석에 마나 집결진을 그려 넣으면 항상 완충상태를 유지하므로, 상시적이며 반영구적인 사용이 가능해진다.

이것이 있으면 물류비를 대폭 감소시킬 수 있으며, 즉각적인 전송이 되므로 시간마저 줄일 수 있다.

현재는 인천공항에서 모리셔스까지 가려면 최하 16시간 정도 소요된다. 최장은 42시간이다.

중간 기착지가 있어서 그러하다.

직항노선이 생기더라도 12시간이 소요된다. 하지만 포탈을 이용하면 불과 몇 초면 된다.

이 과정에서 바이러스와 박테리아 같은 세균들이 박멸되니 검역하느라 낭비되는 시간도 사라진다.

아울러 전염병 이동을 차단하는 효과가 있다. 하여 이를 이용한 방역을 실시한 바 있다.

특정 지역에 전염병이 창궐했을 경우에 주로 쓰였다.

방법은 이렇다.

일단 그 지역 주민 전체를 포탈로 이동시킨 뒤 살균제 살포로 병원균들을 없앤다.

실내 또는 하수도가 있는 지하공간까지 일일이 방역을 해야 하므로 번거롭고, 시간도 많이 걸리는 일이다.

하지만 현수가 직접 나서면 확연히 다르다.

바람과 불의 정령을 동원하여 일거에 모든 세균을 박멸토록 하므로 간단하고, 시간도 적게 걸린다.

어쨌거나 세균박멸 작업이 끝나면 그때 원래 살던 곳으로 복귀시키면 끝이다.

모든 일상이 완전히 정지되어야 하고, 숨어 있는 사람까지 일일이 찾아내어 이동시켜야 하므로 다소 번거롭기는 했지만 효과는 확실했다.

아프리카 대륙엔 현수와 좋은 인연을 맺고 있는 콩고민주공화국 이외에 '콩고공화국'이라는 나라가 더 있다.

콩고강 북쪽에 위치해 있는데, 이 강이 두 나라의 국경으로 사용되고 있다.

수량이 풍부한데다 물살이 세고, 악어들이 서식하여 영토 분쟁이 생길 수 없는 확실한 경계선이다.

이런 콩고공화국 북부엔 우에소(Ouesso)라는 도시가 있다. 상가(Sangha)주의 주도이며, 카메룬과 국경을 접한다.

이곳에는 상가 강 하류에 있는 수도 브리자빌(Brazzaville)까지 운행하는 페리가 있다.

아울러 강 상류에 위치한 중앙아프리카 공화국 상가음바에레(Sangha—Mba?r?)주 놀라(Nola)까지도 운항한다.

어쨌거나 우에소는 열대우림에 둘러싸여 있으며 인근 지역엔 피그미족이 거주한다.

어느 날, 피그미족 거주지 인근에서 에볼라 바이러스가 창궐했다. 그냥 놔두면 중앙아프리카공화국과 콩고공화국까지 전염될 위급상황이었다.

이에 콩고공화국은 이실리프 자치령에 도움을 청했다.

아프리카에서 가장 치안이 좋고, 선진적이며, 의료기술 또한 가장 뛰어나다고 소문난 결과이다.

현수는 직접 우에소로 가서 포탈을 개설했다.

그러곤 피그미족과 인근 주민들 모두를 자치령 임시보호소로 이동시켰다.

이들은 순식간에 알 수 없는 곳으로 이동하자 화들짝 놀랐다. 불과 몇 초 만에 몇백㎞나 떨어진 곳으로 왔으니 어찌 안 그렇겠는가!

더 놀란 것은 임시보호소였다.

웬만한 호텔이나 리조트 뺨칠 만큼 경관 뛰어난 곳에 위치해 있는데 시설이 너무 좋았던 것이다.

객실은 거의 5성급 호텔이다. 아주 더운 시기였는데 객실 내부는 시원했다. 선택온도 항온마법진 덕분이다.

보호소는 모기나 파리 등으로부터 완전히 자유로웠다. 각종 곤충들의 접근을 차단하는 초음파 마법진 덕분이다.

피그미족 등은 깨끗한 물이 펑펑 쏟아져 나오는 수도꼭지를 보고 환호성을 질렀다.

제공된 음식은 정갈하고, 맛이 있었으며, 양도 풍족했다.

직접 조리하기 위해 식자재를 청한 이들도 있었는데, 제공받은 육류와 채소류 등이 너무나 신선했다.

이에 반해 귀환을 거부하는 해프닝을 벌이기도 했다.

얼마 후, 원래 살던 터전으로 돌아간 피그미족 등은 너무도 허접한 자신의 집을 보곤 짐을 쌌다.

그러곤 엄청나게 먼 길을 이동했고, 끝내 콩고강까지 건너와 귀순을 청했다.

직선거리로 무려 350㎞ 이상 헤치고 온 이들을 어찌 박대하겠는가! 온갖 고초를 다 겪은 듯 지치고 형편없는 모습이었지만 기꺼이 웃음으로 맞이했다.

이 일은 유투브로 생중계되었다. 이를 본 콩고공화국 국민들은 스스로 자치령에 병합되기를 청했다. 일부 집권층이 격렬하게 반대했지만 대세를 이길 수는 없었다.

이런 일이 반복되면서 아프리카 전체가 이실리프 제국의 영토가 되었던 것이다.

어쨌거나 현재의 자치령은 원칙적으로 외부인사의 방문과 체류를 허가하지 않을 계획이다.

개발이 어느 정도 되었을 때까지가 아니다. 홀로 전 세계와 맞붙어도 무난히 승리할 전력을 갖출 때까지이다.

여기서 무난하다는 것은 전쟁이 발발해도 전 인구의 0.001% 이상의 피해가 발생하지 않는 것을 의미한다.

참고로, 한국의 인구를 5,000만 명이라 할 경우 0.001%는 500명이다.

따라서 미국과 전면전을 벌여도 500명 이내의 인명 피해가 날 정도로 압도적인 전력을 갖출 때까지는 쇄국(鎖國)이라는 것이다.

현재의 위성만으로도 가능한 일이긴 하다.

하지만 그건 쓸데없이 우주무기 개발경쟁에 불을 붙이는 결과를 야기한다.

그렇지 않아도 지구 주위엔 수많은 우주 폐기물들이 널려 있다. 여기에 더 많은 것들이 배치되는 건 결코 바람직하지 않다. 언젠가는 그것 또한 쓰레기가 되기 때문이다.

아울러 최후의 한 수 정도는 감춰둬야 하지 않겠는가!

어쨌거나 자치령은 강력한 군사력을 갖추긴 할 것이다.

일단 최첨단 하프늄 미사일인 추살(追殺)을 만든다.

공대공, 공대함, 공대지, 공대잠, 함대공, 함대함, 함대지, 함대잠, 지대공, 지대함, 지대지, 지대함 미사일로 사용 가능하다. 아울러 잠대공, 잠대함, 잠대지, 잠대잠으로도 쓸 수 있으니 어디든 배치 가능하다.

겨우 어른 팔뚝 굵기지만 결코 무시해선 안 된다.

마하 25.4(30,000㎞/h)로 쏘아져 가면서 3차원 위상레이더가 위성 및 지상 관제소와 통신하여 능동적으로 목표물을 추적하고, 타격한다.

작은 고추가 맵다는 속담처럼 크지도 않은데 위력은 엄청나다. 가장 작은 추살 1호엔 하프늄 1g이 담겨 있다.

이는 TNT 1,102.5㎏의 폭발력을 낸다.

참고로. 가장 강력한 것은 추살 10호인데 하프늄이 10㎏이나 담겨 있다. 이건 핵폭탄과 맞먹는 위력을 낸다.

조만간 KAI에서 만들게 될 새 전폭기 송골매와 어우러지면 이것만으로도 강력한 전쟁 억지력을 갖게 될 것이다.

게다가 눈에 보이지도 않고, 레이더에도 잡히지도 않으며, 소음발생도 거의 없어 소나(Sonar) 추적조차 불가능한 이지스 항모구축함 충무함까지 갖춰지면 게임 끝이다.

만재배수량 10만 톤 규모인데 송골매 200기가 탑재된다.

한편, 집속탄으로 설계된 추살 4호는 50g의 하프늄이 사용되는데 모(母)폭탄 하나당 하프늄 0.005g씩 담긴 자(子)폭탄이 1,000개씩 들어 있다.

자폭탄 하나가 TNT 5.5kg의 위력을 가진다.

참고로, 미군이 사용하는 M—67 수류탄의 장약은 0.18kg이다. 장약의 양으로만 따지면 자폭탄 하나가 수류탄 30개와 맞먹는다.

따라서 추살 4호는 M—67 수류탄 3만 개의 파괴력을 가진다. 사단급 병력이라도 일거에 쓸어버릴 것이다.

이런 추살 4호지만 무게는 100kg을 넘지 않는다.

송골매는 공간 확장과 경량화 마법이 적용될 경우 무장 탑재 중량이 1,000톤으로 늘어난다.

1,000톤이면 추살 4호 10,000개를 실을 수 있다. 미군 M—67 수류탄 3억 개의 화력과 맞먹는다.

따라서 송골매 한 기만으로 웬만한 나라 하나를 쑥대밭으로 만드는 건 어려운 일이 아니다.

충무함의 전력은 국방비 천조국이라 일컫고 있는 미국의 항모전단 전부의 화력보다 우위에 있다.

다음은 충무함에 탑재되는 추살의 종류와 수효이다.

추살 1호	50,000개	추살 6호	5,000개
추살 2호	40,000개	추살 7호	3,000개
추살 3호	30,000개	추살 8호	2,000개
추살 4호	20,000개	추살 9호	1,000개
추살 5호	10,000개	추살 10호	500개

이 정도면 충무함 혼자서 미국 해군 전체와 맞붙어도 결코 패배하지 않을 것이다.

추살과 송골매, 그리고 충무함은 여건만 갖춰지면 길지 않은 시간 내에 만들어내겠지만 현재는 없는 물건이다.

하여 충분한 시간적 여유가 필요하다.

어쨌거나 외부인의 자치령 방문을 금하면서 다른 국가를 여행하거나 방문하겠다는 것은 이율배반적이다.

하여 가급적이면 자치령 백성들이 다른 나라 영토를 돌아다니지 않게 하려고 한다.

그냥 놔두면 천국이나 다름없을 내부 상황이 전해지고, 각종 첨단기기 및 진보된 생활용품 등이 노출된다.

그중 하나가 '완전 자율 비행 전기차'이다.

이게 알려지면 스파이들의 자치령 침투가 지속적으로 시도된다. 황금 알을 낳는 거위 이상이기 때문이다.

물론 이 목적은 이루어지기 대단히 어렵다.

각 나라 정보부에서 지령을 내리는 순간부터 위성에서 감시하고 있을 것이기 때문이다.

아울러 24시간 내내 국경 감시임무를 맡은 전사로봇들이 지키고 있을 것이기 때문이기도 하다.

참고로, 전사로봇은 자치령 개발에 동원되었다가 더 이상 필요 없게 된 일꾼 로봇을 개조하는 것이다.

소총위력 정도의 무장만 갖추겠지만 이를 뚫고 침투하는 건 불가능에 가깝다.

Chapter 04
—
밀회 상대는…

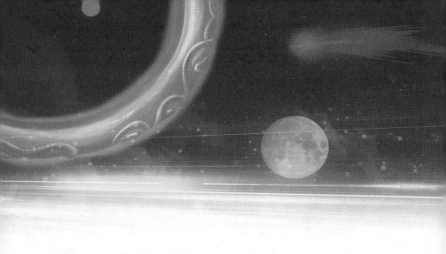

 전사로봇 한 기와 미국의 자랑인 델타포스 200명, 그리고 데브구르 200명의 대결이 시뮬레이션된 적이 있다.

 결과는 델타포스와 데브구르 연합의 패배였다.

 총이나 칼, 수류탄, 크레모아 등으로 아무리 많이 타격을 가해도 죽지 않는데 어찌 버텨내겠는가!

 영화 터미네이터에 등장하는 T—800과 T—1000, 또는 T—X를 상상하면 된다.

 가지고 있던 탄환이 모두 소진된 전사로봇은 직접 뛰어다니며 주먹으로 머리를 날리고, 발길질로 척추를 꺾었다.

 두 번은 없다. 무조건 한 방이면 끝이다.

시뮬레이션은 전사로봇의 완벽한 승리로 귀결되었다.

최정예 델타포스와 데브구르 대원들의 전투 스펙을 200%로 설정했음에도 전멸당한 것이다.

콩고민주공화국 자치령의 국경에는 이런 전사로봇이 약 500m 간격에 하나씩 배치될 예정이다.

유사시 인근 로봇까지 가세한 협동작전이 펼쳐지면 장갑차나 탱크를 몰고 와도 모조리 격퇴시킬 수 있다.

어쨌거나 백성 중 누군가 바닷가에서 휴양하길 원할 수 있다. 이를 충족시켜 주기 위해 섬이나 바다를 면한 땅을 구입해서 조치를 취하라는 것이다.

'알아볼게요.'

'그래!'

*   *   *

2016년 11월 3일 목요일 오전 10시 30분.

현수는 하얏트 호텔 비즈니스 센터 미팅룸에서 지르코프와 악수를 하고 있다.

"만나서 반갑네요. 하인스 킴입니다. 킴이라 불러주세요."

"네! 저는 지르코프 야진스키 이바노바라 합니다. 지르코프라 불러 주십시오."

"알겠습니다, 지르코프!"

"네."

지르코프는 허리를 살짝 숙인다.

노보로시스크라는 요충지의 밤을 지배하는 레드마피아의 보스지만 대단히 겸손한 모습이다.

미팅룸 주변을 삼엄히 경계하고 있는 경호원들이 대통령 경호실 소속이라는 걸 알기 때문이다.

모스크바로 올 때 만일의 사태를 대비하여 조직원 9명이 동행했지만 모두 입구에서 저지되었다.

웬만하면 한바탕 드잡이질이 벌어졌을 것이다. 조금 심하게 대했다면 총격전까지 있었을 수도 있다.

하지만 조직원들은 얌전한 고양이처럼 순순히 물러났다.

일단 머릿수에서 밀렸다.

미팅 룸 앞의 경호원만 13명이다. 호텔 밖에는 많은 수의 병력이 배치되어 있다. 적어도 1개 중대 병력은 된다. 두 대의 장갑차가 있으니 어쩌면 더 있을 수도 있다.

지르코프를 포함한 10명으론 감당 불가이다. 기껏해야 권총으로 무장했는데 장갑차의 기관총을 어찌 대적하겠는가!

푸틴이 있는 모스크바에서 인질극을 벌이면 무조건 사살이다. 그렇기에 지르코프의 명령을 순순히 따른 것이다.

"먼 길 오시느라 힘드셨을 텐데 자리에 앉으시죠."

"네! 그럽시다."

현수의 안내를 받아 착석하자 미팅 룸 담당 웨이터가 주문을 받아간다. 요구했던 음료와 차는 금방 나왔다.

"제가 왜 뵙자고 했는지 궁금하시죠?"

"…네. 그보다 어떻게 저를 아는지가 더 궁금하네요."

"제가 누군지는 아시죠?"

"그럼요! 요 며칠 TV만 켜면 하인스 킴 대표님에 관한 뉴스가 보도되는데 어찌 모르겠습니까."

"제 회사 중에 Y—헌터라는 회사가 있습니다."

"헌터라면 사냥을 하는 건가요?"

"사냥요? 하하, 따지고 보면 그럴 수도 있겠네요. Y—헌터가 유능한 인재들을 Y—그룹에 천거하는 역할을 하니까요."

"아! 헤드헌터를 말씀하시는 거군요."

"맞습니다. 헤드헌터. 뛰어난 두뇌를 사냥하는 조직이죠."

"제가 그 명단에 올랐다는 말씀이십니까?"

대체 어떻게 알고 본인을 대상으로 올렸느냐는 뜻이지만 대답 대신 고개를 끄덕였다.

"맞습니다. Y—헌터에서 미스터 지르코프가 대단히 뛰어난 인재라는 보고서를 올렸습니다."

"……!"

지르코프는 경계를 늦추지 않았지만 대꾸도 하지 않았다. 현수는 탁자 아래에 있던 파일을 꺼내 내용물을 읽는다.

"지르코프 야진스키 이바노바. 아버지 세르게이와 어머니 나탈리야 사이에서 1972년 3월 14일 카잔에서 출생. 상트페테르부르크 의과대학 졸업 후 인턴 수료 중 아버지 세르게이로부터 레드마피아 노보로시스크 지부를 물려받았음."

"……!"

보아하니 본인에 대한 보고서인 모양이다. 어디 어디까지 조사했는지 두고 보자는 표정이다.

"아내 안젤리나, 상트페테르부르크 대학에서 언론학 전공, 현재 보행에 어려움을 겪는 이유는 류머티스 관절염 때문임. 원인은 2016년 7월 고향인 소치 해변에서 오른쪽 발목을 접질린 것을 제대로 치료하지 않았기 때문임."

"……!"

얼마 전부터 아내가 오른발을 디딜 때마다 아프다면서 인상을 찌푸렸다.

왜 그러느냐고 물었을 때 어디 부딪혀서 그런 모양이라고 했는데 그게 류머티스 관절염이라는 것이다.

2년 이내에 치료하지 않으면 돌이킬 수 없는 손상을 일으킬 수 있는 질병이다.

관절에만 증상이 있으면 수명엔 큰 영향이 없지만 폐, 심장, 혈관 등 주요 장기를 침범한 경우엔 치료에 어려움이 있으며, 수명이 단축될 수 있다.

대부분 원인 불명이기에 치료가 쉽지 않다.

의대를 나온 지르코프는 인상을 찌푸린다. 본인이 무심했음을 느낀 것이다. 그러거나 말거나 현수의 말이 이어진다.

"아들 13세 니꼴라이, 머리는 좋으나 학업에 흥미 없음. 게임을 좋아하여 부모 몰래 결석하는 일이 잦음. 척추측만증으로 인한 요통을 겪고 있음."

"……!"

아들이 컴퓨터 게임을 좋아하는 것은 알고 있지만 학교를 빼먹는다는 것과 척추측만증이 있다는 건 모르건 사실이다.

"최근 이바노바는 빅토르 아나톨리에스키 조직을 공격하려는 작전을 수립했으나 취소했음……"

"마지막 행적은 노보로시스크 재개발 대상지 일대에서 조직원들과 더불어 시가지 전투 훈련을 한 것임. 이후 항공기를 이용하여 모스크바 하얏트 호텔로 갔음."

"……!"

빅토르를 죽이기 위한 훈련은 불과 이틀 전에 시작되었다. 그리고 불과 반나절 만에 끝냈다.

부하들이 다 모이지 않았고, 총이나 수류탄이 갖춰지지 않아 이런 데선 어떤 방법을 써야 한다는 등 구체적인 행동은 빠진 훈련이었다.

일종의 사전 리허설이고, 개요를 정립하는 차원이었다. 따라서 러시아 정보부에서도 모르는 일일 것이다.

그런데 그걸 말하고 있다. 속으론 깜짝 놀랐지만 겉으론 포커페이스를 유지하고 있다.

힐끔 지르코프를 바라보았던 현수는 내키지 않는 기분으로 다음을 읽기 시작한다.

"아내 몰래 만나는 여성은 갈리나 카우쉬……. 나이 26세. 주된 밀회장소는 세레브랴코바 29번가에 위치한 힐튼가든 인 노보로시스크 308호……. 407호는 두 번 사용했음."

"……!"

지르코프의 굵고 진한 눈썹이 꿈틀거린다. 심리적 동요가 시작된 것이다. 이런 때 못을 박아야 한다.

"2016년 10월에만 14차례 밀회를 즐겼음. 좋아하는 체위는 기승위 및 후배위……."

"그만……! 그만하세요."

결국 평정심을 잃었다. 부하들도 모르는 갈리나와 언제 어디서 몇 번 만났는지까지 알고 있다면 다른 건 볼 것도 없다.

"대단하군요, Y─헌터."

"조사는 Y─Data에서 합니다. Y─헌터는 보고서를 바탕으로 유능한 인재인지 여부만 가리죠."

"……!"

본인의 감추고 싶은 비밀을 아는 이들이 얼마나 되는지 감조차 잡히지 않는다.

"내게 뭘 요구하려는 겁니까?"

"레드마피아의 제도권 편입의 총책임을 맡아주십시오."

"……? 그건 불가능합니다."

지르코프의 대답은 단호한 어조였다.

"불가능한 이유는요?"

"레드마피아의 총 인원이 얼마나 되는지 아십니까?"

"조직 말단까지 포함하면 51만 4,884명입니다."

"……!"

지르코프는 흠칫한다. 그러더니 이내 고개를 끄덕인다. 본인의 지극히 비밀스러운 만남도 파악하는 곳이 Y—Data이다.

이들이 동원되었다면 방금 말한 숫자가 맞을 것이다.

사실 지르코프 본인도 정확한 숫자는 알지 못하며, 대충 25만 명쯤 될 것이라는 추산만 했었다.

옛 보스 알렉세이 이바노프는 러시아에서 가장 큰 조직이었는데 휘하 인원이 10만을 조금 넘겼었다.

그다음이 빅토르 아나톨리에스키의 조직이었는데 5만에서 7만 정도로 추산했다.

이외에 전국 각지에 군소 조직들이 있으며, 아제르바이잔 같은 옛 소련의 영토에도 점조직 비슷하게 흩어져 있다.

이들을 다 합쳐 25만 정도라 생각했는데 그것의 2배가 넘는다니 화들짝 놀란 것이다.

"어떤 방법으로 제도권에 편입하라는 것입니까? 돈도 엄청 많이 들 작업입니다."

말을 해놓고 보니 하인스 킴의 재산은 1조 달러가 넘는다.

러시아 1년 예산을 훌쩍 뛰어넘었으니 마음만 먹으면 불가능하진 않다. 하지만 개인 재산을 탕진해 가며 레드마피아를 제도권에 편입시키려는 노력을 할 이유가 없다.

하인스 킴은 남아공 사람인 것이다.

"항온의류라는 것이 있습니다. 이것은……."

현수는 크렘린궁에서 푸틴의 경호원 알렉산드르 코크란이 경험했던 것을 지르코프의 부하도 똑같이 경험하도록 했다.

"우와~! 이거 정말 끝내줍니다. 이렇게 얇은데 하나도 안 추워요. 세상에 맙소사! 뭐 이런 게 다 있죠?"

인상 우락부락한 사내가 정말 감탄한 듯 떠드는 모습을 본 지르코프는 예리한 시선으로 바라본다.

"추위를 확실히 막아?"

"네! 오늘 비도 오고 바람도 쌩쌩이라 엄청 춥잖아요. 그런데 빗물에 젖지도 않고, 찬바람이 전혀 느껴지지 않았어요."

"흐으음!"

지르코프는 완전한 알몸 위에 초박형 콘돔만큼 얇은 쫄쫄이를 입은 부하의 민망한 모습에 시선을 돌렸다.

"알았다. 원래 옷으로 갈아입어."

"넵!"

부하는 금방 제 옷을 입고 되돌아왔다. 항온의류는 그의 꼭 쥔 오른손에 있어 보이지 않는다.

"여기 있습니다, 보스! 이거 정말 신기합니다."

"알았다."

지르코프가 받아 현수에게 건넨다.

"그러지 말고 한 명 더 실험해 보십시다. 한 사람 말만으론 확신이 안 설 테니 말입니다."

"…그래도 되겠습니까?"

"물론입니다. 닳아서 없어지는 것도 아니니까요. 누구를 부르시겠습니까?"

"가서 게오르기 오라고 하게."

"넵! 보스."

사내가 물러간 후 얼마 지나지 않아 게오르기가 쭈뼛거리며 왔다. 그 역시 발가벗고 항온의류로 갈아입었으며 찬바람 쌩쌩 부는 호텔 옥상에서 두 팔을 벌리고 서 있었다.

"보스! 보스! 이거 뭡니까? 난 어제 몰래 술 마신 거 알고 날 얼려 죽이려 한 줄 알았는데 말입니다. 하아! 이건 대체 뭐죠? 얼굴은 추운데 나머진 하나도 안 추워요. 이거 뭐죠?"

생긴 거완 달리 상당히 수다스러운 사내였다.

"한 분 더 해보시겠습니까?"

게오르기의 뒤를 이어 세 명이 더 왔었고, 모두 항온 의류 체험을 했다. 마지막은 지르코프 본인이다.

옷을 입고 나갔던 부하들을 누군가가 겁박했을 수도 있지 않느냐고 말을 하며 웃던 현수의 권유를 받아들인 것이다.

백문불여일견(百聞不如一見)이라는 말이 괜히 있겠는가!

옥상 문을 열었을 때 휘몰아치는 냉기에 흠칫했었다. 목 위는 그냥 노출되어 있었으니 당연한 일이다.

그다음엔 전신에 소름이 쫙 돋을 것이라 예상하고 한 발을 내디뎠는데 뭔가 이질적이었다.

발목에서 느껴지는 냉기가 복부나 가슴, 그리고 등 뒤에서는 전혀 느껴지지 않았던 것이다.

＊　　　　＊　　　　＊

지르코프는 중년에 속하며 아내 이외의 젊은 여성과의 밀회를 즐긴다. 하여 양기가 쇠약해지면서 자주 배가 차갑다는 것을 느끼곤 했다. 가끔은 과민성대장증후군으로 곤란함을 겪기도 했다. 특히 음주한 다음 날이 자주 그랬다.

그와 동시에 체중이 줄었고, 얼굴이 하얗게 되었으며, 입술은 창백해 보인다. 덕분에 잔인무도하며, 몹시 냉혹한 레드마피아 보스처럼 보이게 되었다.

부하들은 카리스마가 느껴진다는 말을 하지만 본인은 괴롭다. 자주 화장실을 들러야 하며 가끔은 맥이 빠지는 것을 느끼는 때문이다.

일시적 현상이라 생각하지만 가끔은 뭔가 탈이 난 게 아닌가 싶어 의대 동기가 근무하는 병원으로 가볼까 생각했었다.

하지만 실행에 옮기진 않았다. 너무 멀고, 시간이 많이 걸리는데 계속해서 무슨 일이 빚어지는 때문이다.

하여 자리를 비울 수 없어 약간은 불편한 나날을 보내는 중이었다.

"어떻게 이런 거죠죠?"

"말씀드렸잖아요, 항온의류라고요. 어떠한 환경에 놓이더라도 체온을 잃지 않게 하는 효과가 있습니다."

"헐……!"

직접 느낀 항온의류는 부하들의 말보다 훨씬 대단했다.

"먼저 내려가 있을 테니 10분만 더 있다 오십시오."

말을 하며 휴대폰을 건넸다. 시간을 재보라는 뜻이다.

지르코프의 휴대폰은 삼성에서 나온 갤럭시 J7이다.

돈만 주면 흥청망청 써 버리는 부하들에게 모범을 보이는 뜻으로 최고급형이 아닌 보급형을 선택한 것이다.

옥상 문이 닫히자 지르코프는 스톱워치를 켰고, 10분에 세팅했다. 적어도 그 정도는 돼야 이 옷의 진가를 파악할 수 있다 생각하였기에 현수가 말대로 해보려는 것이다.

얼굴에서 느껴지는 바람이 몹시 싸늘하다. 그러다 슬슬 감각이 사라지려는 듯하다. 특히 귀가 많이 시렸다.

'으음! 확실히 이상하군.'

이쯤이면 부들부들 떨려야 한다. 전혀 안 입은 거나 다름없기 때문이다. 그런데 춥지 않다.

'귀까지 가리는 모자나, 발목까지 올라오는 양말이 있어야겠군. 장갑도 추가. 아! 오미야콘(Oymyyakon)……!'

지르코프는 의과대학 본과 4학년 여름방학 때 의료봉사를 했던 오미야콘이 떠올랐다.

이곳은 시베리아 중앙에 위치한 곳으로 남극을 제외하곤 인간의 거주지 중 가장 추운 곳이다.

약 800명이 거주하고 있는데 1월 평균 기온이 −51.3℃이다. 평균이 이러니 이보다 더 낮을 때도 있다는 뜻이다.

1926년엔 −71.2℃를 기록한 바 있다.

이곳은 소변을 보는 동안 밑에서부터 얼어붙는다.

그게 문제가 아니라 소변보는 동안 냉기에 노출된 성기가 동상에 걸릴 수 있어 겨울엔 노상 방뇨를 하지 않는다.

이러니 겨우내 집 안에서만 생활하다시피 하기에 비만으로 인한 질병이 많았던 것이 떠올랐다.

겨울에도 활기찬 외부활동을 할 수 있다면 소득도 높일 수 있을 뿐만 아니라 비만도 잡을 수 있다.

그러려면 항온의류가 가장 먼저 보급될 필요가 있다.

'거긴 좀 싸게 팔아야겠다.'

지르코프는 들고 있는 휴대폰 때문에 손이 시려웠다. 하지만 주머니가 없어서 어디 넣을 수도 없었다. 하여 바닥에 내려놓고 양쪽 겨드랑이 사이에 손을 끼웠다.

감각은 없지만 느낌상 조금 덜한 듯하다.

점점 더 발이 시렸다.

궁여지책으로 슬그머니 결가부좌 자세를 취했다. 허벅지에 올려진 발등 부위의 추위가 사라진다. 훨씬 견딜 만했다.

"와! 이거 정말 대단하군."

차가운 바닥에 앉았으니 아무리 감각이 둔한 엉덩이일지라도 싸늘한 냉기가 느껴져야 한다.

그런데 전혀 그렇지 않다. 딱딱한 바닥에 앉았다는 느낌은 확실하지만 차갑다는 건 전혀 느껴지지 않는다.

"이런 거의 유럽 총판이라고⋯⋯?"

지르코프의 명석한 두뇌가 오래간만에 가동된다.

예상 판매량과 원가와 이익, 그리고 지르코프 상사의 직원이 될 조직원에게 줄 급여 등을 계산하기 시작한 것이다.

"⋯⋯! 이, 이건 된다! 충분하고도 엄청 남는다."

성장기의 아들 니꼴라이를 보면 문득 드는 생각이 있다.

'나도 이 자리를 아들에게 물려줘야 하나?' 이다. 결론부터 말하자면 아주 부정적이다.

엄마, 아빠 모두 공부를 잘했는데 대체 누굴 닮았는지 지지리도 공부를 못한다. 까불기는 또 얼마나 까부는지 가끔은 실소를 머금게 하기도 한다.

이런 녀석에게 폭력과 선혈로 점철될 자리를 물려주는 건 아비로서 바람직하지 않다.

언제 기습당하거나, 뒤통수를 맞을지 몰라 늘 긴장상태를 유지해야 하며, 때로는 살인명령을 내려야 하는 게 보스이다.

장래희망이 코미디언이라는 녀석에겐 적합하지 않다. 보스라는 자리가 주는 무게를 감당하지 못할 것이 분명하다.

그러기엔 너무 여리고, 너무 착하다.

하여 조직원들을 유심히 살피는 중이다. 적당히 냉정하고, 적당히 악랄하며, 적당히 나쁜 놈을 찾는 것이다.

너무 과하면 문제가 발생하기 때문이다.

아직은 마땅한 놈이 없다. 그릇이 작거나, 우유부단, 또는 너무나 악랄해서이다. 하여 고심이 깊었다. 적당한 기회가 되면 손을 털고 은퇴할 생각을 하는 때문이다.

지금은 레드마피아 보스로 살고 있지만 의사 면허가 없어진 건 아니다. 상당기간 동안 경력이 단절되었을 뿐이다.

망각했거나, 시대에 뒤떨어진 건 다시 익히면 된다.

그러기 위해선 조금 빨리 은퇴해야 한다. 더 나이가 들면 뇌의 성능이 떨어지는 때문이다.

은퇴 후가 불안하다 느껴지면 아주 멀리 떨어진 블라디보스토크 같은 곳으로 가서 병원을 열면 된다.

참고로, 모스크바에서 블라디보스토크까지는 6,700㎞, 노보로시스크에서는 7,200㎞정도 된다.

둘 다 직선거리이니 자동차로 이동하는 건 미친 짓이다.

하여 열차로 이동하는 걸 알아본 바 있다.

시베리아 횡단열차가 모스크바에서 출발해서 블라디보스토크까지 간다.

열차로 이동하면 평균 142시간이 걸린다. 5일 하고도 22시간이니 6일이나 마찬가지이다.

이 긴 시간 동안 딱딱한 기차 의자에 앉아서 이동하고 싶은 사람은 거의 없을 것이다. 따라서 이 정도로 멀리 떠난다면 해를 끼치려고 오는 녀석이 없을 것이다.

이마저 꺼려지면 친 러시아 국가인 벨라루스 같은 곳으로 가면 된다. 러시아 의사면허를 인정해줄 뿐만 아니라 의사소통에도 아무런 문제가 없기 때문이다.

하여 블라디보스토크와 벨라루스에 대해 은밀히 알아보는 중이다. 조만간 손을 떼려는 것이다.

아내와 자식 때문인 이유도 있지만 그보다는 죄책감 때문이다. 선친의 친구였던 알렉세이 이바노비치가 비명횡사했는데 그에 대한 복수를 하지 못했다.

이런 상황에 빅토르 일당의 성세는 점점 더 확고해져 가고 있다. 한편, 정부는 전쟁이 일어나면 즉시 제압할 기회를 노린 채 만반의 준비를 갖춰두었다.

지난 4월 푸틴은 레드마피아가 국가에 전혀 쓸모가 없는 조직이라 정의하고 대대적인 소탕작전을 지시했다.

이런 상황에 선불리 공격하면 빅토르 일당에게 짓밟히고 씹힌 뒤 군대에 의해 정리될 것이 분명하다.

운이 좋아 살아남는다 해도 여생을 시베리아 형무소로 보낼 확률이 매우 높다.

지금은 빅토르 일당도 푸틴의 눈치를 보느라 잠잠하지만 조만간 히트맨을 대거 파견할 것이다.

지르코프가 로만 칼리예프와 그의 부하들을 제거한 것에 대한 보복을 해야 하는 때문이다.

레드마피아에는 '부하의 피로 진 빚은 반드시 피로 갚는다.'는 강령이 있다. 따라서 복수는 필연적이다.

그러지 않으면 빅토르가 자리를 잃게 되기 때문이다.

그냥 순순히 물러나는 은퇴가 아니다.

로만 칼리예프 쪽의 누군가에 의해 뒤통수에 총알이 박히는 것으로 끝날 확률이 매우 높다.

한편, 알렉세이 이바노비치의 죽음에 대한 복수는 해도 되고 안 해도 된다. 부하가 아니라 상관이었고, 권력투쟁의 희생자이기 때문이다.

하여 기회가 되면 손을 씻을 생각을 하고 있었는데 현수로부터 환상적인 제안을 받았다.

휘하 조직원 전부를 음지에서 양지로 끌어올리고도 남을 제안이다. 물론 너무 악랄하거나, 빅토르 일당 쪽 조직원들과는 함께할 수 없다.

이런 저런 생각을 하고 있는 동안 시간이 흘렀고, 휴대폰이 부르르 떨린다. 세팅했던 10분이 지났다는 뜻이다.

"이거 정말 신기하군."

나직이 중얼거린 지르코프는 곧장 객실로 내려와 현수와 마주 앉았다.

"경험해보니 어떻습니까?"

"이거 특허는 출원되어 있는 겁니까?"

본인이 취급하려는 물건인데 누군가가 복제하면 어쩌냐는 뜻이다. 다시 말해 기꺼이 총판권을 받겠다는 뜻이다.

"이건 베껴서 만들 수 있는 물건이 아닙니다. 하여 특허 출원은 하지 않습니다."

"⋯⋯?"

특허를 인정받으면 법적인 보호를 받을 수 있는데 왜 그러느냐는 표정이다.

"겨우 20년만 팔고 마시게요?"

"아⋯⋯!"

"향후 100년은 어느 누구도 베껴서 만들 수 없을 겁니다."

말은 이렇게 했지만 100년이 아니라 1,000년 10,000년이 지나도 절대로 만들어낼 수 없다. 이번엔 자식이라 할지라도 마법을 전수하지 않을 생각이기 때문이다.

이번 항온의류의 옷감은 직조될 때 마나를 품은 실이 함께 들어가 마법진 문양을 구성한다. 항온마법진과 마나집적진이 겹쳐지기에 마나석이 필요 없는 신기술이다.

같은 실이고, 같은 색깔이며, 지구엔 마나라는 개념조차 없으니 한 가닥씩 풀어서 검사해도 절대 구분할 수 없다.

아울러 활성화마법이 구현되지 않으면 마나를 품은 실로 직조해도 항온 효과를 내지 못한다.

이러니 굳이 특허를 내려고 어떤 방법으로 만들었는지, 어떤 개념인지, 어떤 기술이 적용되었는지 등을 공개하는 귀찮은 일을 할 이유가 없는 것이다.

"이 좋은 걸 왜 내게 제안을 하는 겁니까? 러시아엔 뛰어난 경제인이나 사업가들도 많은데 말입니다."

"제가 여러 나라로부터 조차지를 받는다는 거 아시죠?"

"네, 뉴스를 봐서 잘 알고 있죠."

아주 협조적인 태도이다.

"그걸 러시아에서도 받을 생각입니다. 조건은 방사능으로 오염된 지역을 정화해주는 거죠. 그것만으로는……"

추가로 항온의류 유럽총판을 제안했다는 이야기이다.

그러면서 지난 4월에 러시아 정부에 의해 발표된 레드마피아 소탕작전이 인상적이었는데 그보다는 양성화가 어떠냐는 의견을 주었다고 했다.

"아! 마피아의 한 사람으로서 정말 감사합니다."

지르코프는 진심이 배인 인사를 했다.

"저는 푸틴 대통령에게 미스터 이바노바를 추천했습니다."

"아……!"

현수의 경호원들이 크렘린궁 소속인 것을 이해한 것이다.

"그럼 공급은 어떻게 하고 이익 배분은 어떻게 하는지요?"

완전 사업가 마인드로 바뀐 듯하다.

"레드마피아가 8, 푸틴 대통령이 1, 그리고 내가 1입니다."

"에? 대표님 몫이 너무 적지 않습니까?"

"Y—어패럴이 공급가에서 적절한 이득을 취할 겁니다."

"아! 그렇군요. 정부의 몫은 보호비 명목이 되겠군요."

정상적인 법인을 설립하고, 정상적으로 수입해서 팔아도 정부에서 딴죽[5] 걸면 불편해지기에 보호비라 한 것이다.

"푸틴 대통령이 뒤에 있으면 든든하지 않겠습니까?"

부패한 공무원 등이 절대 손을 내밀지 못한다는 뜻이다.

"그건 확실히 그렇겠습니다."

더 말할 것도 없다는 듯 크게 고개를 끄덕인다.

러시아에선 재벌회장이라 하더라도 푸틴에게 밉보이면 곧바로 교도소 수감이다.

대표적인 인물이 석유 재벌 미하일 호도르코프스키이다.

유코스사 회장이었던 그는 사기 · 탈세 · 횡령죄로 10년간 복역했다. 정부를 비판하고 야당에 자금을 지원해 1급 정치범으로 낙인찍힌 결과이다.

푸틴은 원활한 국정을 도모하고자 KGB 2.0이라 칭해지는 '국가보안부'와 '푸틴친위대'를 운용하고 있다.

저유가와 경기 침체 등으로 인해 나라 살림이 쪼그라들었고, 국민들의 생활이 좀처럼 개선되지 않는 상황이다.

이럴 때면 모두가 합심하여 한 방향으로 나아가도 시원치 않다. 그런데 늘 비아냥거리는 반체제 인사들이 있다.

---

5) 딴죽 : 씨름이나 태견에서 발로 상대편의 다리를 옆으로 치거나 끌어당겨 넘어뜨리는 기술. 또는 이미 동의하거나 약속한 일에 대하여 딴전을 부림을 비유적으로 이르는 말

이들의 입에 재갈을 물리기 위해 창설된 기관이다.

납치, 고문, 암살이 횡행한다는 소문이 번지자 다들 입 다물고 있는 형편이다. 참고로, 이 소문은 국가보안부와 푸틴친위대가 퍼뜨렸다는 낭설이 있다.

아무튼 이들의 역할 중 하나가 부패한 공무원 축출이다.

국민들은 어려운데 해외로 나가 흥청망청하는 자들이 있었는데 알고 보니 공무원이었다.

그 수가 제법 많았지만 예외 없이 신세를 망쳤다.

일벌백계가 목적이었는지라 상당히 가혹한 처벌을 내렸고, 이를 공개하였다.

하여 대다수 공무원들은 몸을 사린다.

그럼에도 불구하고 깡 좋게 뇌물을 받는 녀석들이 있다.

위험수당이라는 명목으로 오히려 더 많은 액수의 뇌물을 챙기고 있다. 이들은 걸리면 사형이다.

어쨌거나 푸틴이 배후라면 부패 공무원들의 훼방으로부터 완전히 자유롭다.

하여 지르코프의 표정은 한결 부드러워졌다. 조직원들의 양성화가 불가능한 일이 아니란 것을 깨달은 것이다.

Chapter 05

—

전생에 나라를 구한

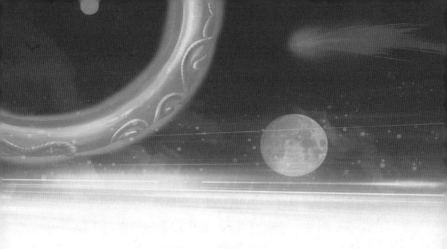

"내가 받는 1은 Y—어패럴과 지르코프 상사의 관계가 긴밀함을 의미합니다."

"……!"

마진 때문에 다른 업체와 계약하지 않겠다는 뜻이다.

"그리고 감사는 제가 지정하는 사람으로 해주십시오."

"감사요?"

"이리냐 파블로비치 체훕, 올해 25세인 아가씨죠. 사정이 있어서 대학을 다니다 말았는데 이제부터 가르칠 겁니다."

"……?"

잘나가다 삼천포인 듯 대체 뭔 소리냐는 표정이다.

"대신 제국 시절 귀족가들이 모여 있던 곳, 그러니까 작고 하신 알렉세이 이바노비치 보스의 저택이 있던 곳에 지르코프 상사 본부를 지어줄 겁니다."

"네…? 뭐를 어떻게 한다고요?"

이건 또 뭔가 싶다.

"인근 부지까지 사들이면 전체 규모가 20만 5,620㎡쯤 될 겁니다. 여기에 바닥 면적 800평인 12층 빌딩과 880세대짜리 아파트, 그리고 120실의 레지던스를 지어주죠."

"……!"

"미스터 이바노바와 가족들이 머물 저택은 별도입니다. 위치는 같은 부지 안입니다. 그래야 편하실 테니까요."

지르코프는 멍한 표정으로 바라보고 있다.

12층짜리 빌딩 하나를 짓는 데도 상당히 많은 돈이 들어간다. 그런데 880세대짜리 아파트와 120세대 레지던스, 마지막으로 본인이 살 집을 지어준다고 한다.

엄청난 돈이 들어갈 일이다. 그런데 눈앞의 사내는 너무나 평온하다. 하여 잠시 혼란이 느껴졌다.

이거 혹시 꿈이 아닌가 하는 느낌이었던 것이다. 그러거나 말거나 현수의 말은 이어진다.

"미스 체홉이 머물 저택은 길 건너편에 조성될 건데 부지 규모는 그쪽이 조금 더 클 겁니다. 거긴 제가 모스크바에 올 때마다 머물 수도 있어서요."

자치령 개발이 시작되면 이곳에 자주 올 시간적 여유도 없겠지만 온다 해도 저택에서 숙식을 하는 일은 전혀 계획에 없다. 이리냐를 다시 받아들일 생각이 없는 때문이다.

 그럼에도 이유가 있어 일부러 하는 말이다.

 "아……!"

 지르코프는 대번에 무슨 뜻인지 알았다는 듯 고개를 끄덕인다. 이리냐가 하인스 킴의 여자라고 각인된 것이다.

 세계 최고의 부자이니 엄청 바쁠 것이다. 하여 항상 모스크바에만 머물 수 없으니 심심할 수도 있다.

 쇼핑도 하루 이틀이니 심심하지 말라고 소일거리 삼아 지르코프 상사에서 일해보라고 권유한 것으로 받아들인 것이다.

 "그 저택엔 크렘린에서 일했던 경호원 12명이 오기로 했는데 집이 커서 인원이 더 필요합니다."

 "네, 아무래도 그렇겠지요. 두 배는 돼야 할 겁니다."

 24명이라도 24시간 근무를 할 수는 없다.

 1일 8시간 3교대를 하면 8명이 한 팀이다. 그 인원으로 6만 평이 넘는 저택을 책임지는 건 쉽지 않다.

 관제실에 있어야 할 인원만 최소 2명이다. 나머지 4명이 저택 전체를 둘러본다는 건 불가능에 가깝다.

 최소한 4개 팀 48명이 있어야 12명씩 교대하면서 짬짬이 휴식을 취할 수 있다. 이것도 많은 인원이 아니다.

외출 시 경호팀도 필요하다. 이리냐뿐만 아니라 집사나 요리사 등 사용인들도 중요 인물이 되기 때문이다.

따라서 최소한 4명 1개 조로 한 4개 팀이 필요하다.

둘을 합산하면 경호원 숫자만 64명이다.

이들은 항상 최상의 컨디션을 유지할 수 없으며, 가정의 대소사에 참석해야 한다. 따라서 훈련을 받으며 대기하는 대기조도 있어야 한다.

이들을 총괄할 경호실장이 있어야 하며, 경호원들을 지원할 부서에서 근무할 인원도 필요하다.

팀워크가 중요하므로 구내식당을 운영해야 하고, 체력단련장 및 사격훈련장 관리인 및 인스트럭터(Instructor)도 필요하다.

이 모든 인원을 합치면 120명 이상이 된다.

"믿을 만한 친구들이 있으면 추천해 주십시오. 그리고 제가 없는 동안엔 잘 돌봐주시구요."

"물론입니다. 실력 있고, 착실한 놈들만 고르겠습니다."

이리냐를 건드리는 것은 현수를 건드리는 것이고, 나아가 푸틴을 곤란하게 하는 일이다.

따라서 이리냐는 절대적으로 보호해야 할 대상이다.

"그런데 아파트며 레지던스는 뭔지요?"

사옥을 지어준다면서 주거용 건물을 이야기하니 의아했던 모양이다.

"저희가 조사한 바에 의하면 지르코프 상사엔 직원 626명이 필요합니다. 아울러 주차 및 건물관리 등을 지원할 인력 98명도 있어야 한다더군요."

"그렇게 많이 필요합니까?"

"그럼요! 전 유럽을 상대하셔야 하니까요. 외국어 특기자도 필요하잖습니까?"

"아! 네에. 그건 아무래도 그렇겠지요."

마피아 조직원 가운데 대학 출신이 없는 건 아니지만 유럽의 언어 모두를 꿰고 있진 못할 것이다.

"관리부서 이외에 세무회계부서와 영업부, 그리고 홍보부서 등도 있어야 하지요. 그런 인원의 합계가 626명입니다."

"그래도 상당히 많군요."

"아닙니다. 그게 최하 인원입니다. 시작은 그렇게 하고 나중엔 점점 더 늘리셔야 할 겁니다. 마피아 조직원들을 관리하는 임무도 맡아야 하니까요."

"……!"

50만 명이 넘는다는 조직원들을 생각하면 많이 모자란다.

그러고 보니 바닥면적 800평인 12층짜리 빌딩이라 하였다.

626명을 12로 나누면 층당 52.17명이 근무한다. 이걸로 계산하면 1인당 50.7㎡을 쓰니 아주 널널하다.

참고로, 한국의 1인당 사무 공간 면적은 6.9㎡, 일본 6.6㎡, 미국 8.3㎡이다.

체형이 큰 미국을 적용하면 층당 318.6명이 근무할 수 있다. 이를 12개 층으로 확대하면 3,823명까지 수용할 수 있다.

3,197명을 더 근무시킬 수 있는 것이다.

"아파트 880세대는 전부 직원용 주거지로 제공하세요."

"에? 직원들에게 집을 주라고요?"

레드마피아에선 아무리 충성스러운 조직원이라 할지라도 집은 주지 않기에 묻는 말이다.

"그럼 어디서 삽니까? 모스크바는 물가가 매우 비싸서……."

잠시 현수의 말이 이어졌다.

2016년 4월의 모스크바 3인 가족의 평균 생활비는 가족당 월 7만 2,700루블이라는 조사 결과가 있다. 그런데 러시아 직장인들의 평균 수입은 3만 8,590루블에 불과하다.

매달 3만 4,100루블이 적자이다.

"모스크바는 주거비용이 상당하더군요. 원룸 타입이 월에 1~2만 루블, 30평형은 3~5만 루블이니까요."

"끄~응!"

지르코프는 할 말이 없었다.

주거지를 제공하지 않으면 직장이 생겨도 노숙을 해야 할 판이라는 것을 깨달은 것이다.

"아파트는 그렇게 하시고, 레지던스는 손님들을 위한 공간으로 활용하시면 될 겁니다."

업무차, 또는 친인척 방문 시 호텔로 쓰라는 것이다.

"알겠습니다. 감사합니다."

"완공되려면 한참 있어야 한다는 거 아시죠?"

"아무래도 그렇겠지요."

"항온의류 또한 상당기간이 지나야 들어올 수 있을 겁니다. 그전에 하실 일이 있죠?"

"뭘… 말씀하시는 건지요?"

전혀 모른다는 표정이다.

"어제 푸틴 대통령님과 메드베데프 총리님을 뵈었습니다. 저는 그 자리에서……."

"에에? 정말요?"

"그렇습니다. 딱 한 번 기회를 주신다 하니 만반의 준비를 갖추십시오."

"그, 그럼요! 당연하죠."

지르코프의 얼굴이 금방 상기된다. 피가 끓어오르는 소리를 들은 때문이다.

어제 오전, 현수는 크렘린궁을 재방문했다. 조차지를 제공하는 것에 대한 세부 조건 조율 때문이다.

이 자리에서 방사능으로 오염된 지역의 정화와 항온의류 유럽총판을 제공하는 것 이외에 두 가지를 더 추가했다.

러시아는 2008년과 2014년에 경제위기를 겪은 바 있다. 근본원인은 자원 의존적인 경제구조 때문이다.

현수는 놀라운 연비를 가진 엔진 이야기를 했다.

이게 출시되면 석유 수요가 크게 줄어든다.

공급은 그대로인데 수요가 줄면 유가가 더 하락할 것이니 빠른 산업 구조 다각화와 더불어 제조업 육성을 권했다.

시장 변화를 예측하고 이에 대한 대비를 주문한 것이다.

수출 주요품목 중 석유는 제외하고 천연가스와 공산품을 수출하여 내수경기를 끌어올려야 새로운 경제위기를 겪지 않음을 설명하였다.

특히 강조한 것은 내수산업 확립이다.

국민들이 필요로 하는 모든 것을 100% 국내생산으로 공급 가능해야 함을 설파했다.

러시아 국민 중 일부는 사회주의에서 벗어나지 못한 상태인지라 다른 나라보다 통제가 쉽다.

게다가 없는 지하자원이 없으며, 거의 모든 기술이 있으니 본격적으로 달려들어 키우려고 하면 못할 게 없다.

"Y—Data의 보고에 의하면 자본과 자원이 무기이고, 물자를 가진 놈이 갑인 세상이 조만간 도래할 거라고 합니다."

푸틴과 메드베데프의 고개가 번쩍 들린다. 뭔 뜻이냐는 의미일 것이지만 이를 무시하고 말을 잇는다.

"그에 대응하려면 내수산업 활성화가 최우선입니다. 그러니 모든 산업부분을 꼼꼼하게 챙기고 준비하셔야 할 겁니다.

다시 말씀드리지만 이는 Y—Data의 충고입니다."

"끄~웅!"

푸틴과 메드베데프는 난감해했다. 생각이야 굴뚝같겠지만 실현이 어렵기 때문이다.

하여 고연비, 고출력 엔진공장을 조차지에 조성할 테니 먼저 자동차 부품제조공장을 생각하라고 하였다.

러시아 기계공업 수준을 믿을 만하기에 한 말이다.

아울러 은행을 설립할 것인데 조차지를 제공하는 우크라이나와 벨라루스, 그리고 러시아로 이루어진 슬라브 3국과 통화 스와프(Currency swap)를 체결해주기로 했다.

참고로, 대한민국의 통화 스와프 체결현황은 다음과 같다.

국가명	규모	한화	달러화기준
지나	3,600억 위안	64조	560억
UAE	200억 디르함	5.8조	54억
말레이시아	150억 링깃	5조	47억
호주	100억 호주달러	9조	77억
인도네시아	115조 루피아	10.7조	100억
CMIM			384억
합 계		94.5조 원	1,222억 달러

참고로, 'CMIM'은 동남아시아 국가연합과 한국, 지나, 일본에 금융위기가 일어날 경우 다른 나라들이 공동으로 지원하는 '다자(多者) 통화 스와프 협정'이다.

현재 지나와 체결한 스와프 협정은 사실상 무효이다.

계속된 폭우로 인한 홍수와 삼협댐 붕괴로 말미암아 정부의 장악력이 완전히 상실된 상태이다.

아울러 각종 전염병과 살인, 인육 섭취 등 범죄행위로 인해 인구가 걷잡을 수 없을 만큼 빠르게 줄어들고 있다.

조만간 지나라는 나라 자체가 지구에서 지워질 판이다. 그러니 지나와의 모든 협정은 확실하게 무효인 상황이다.

따라서 이를 제외하면 대한민국의 통화 스와프 체결 금액은 662억 달러가 된다.

다행인 것은 대한민국의 외환 보유량이 충분했다는 것이다. 하여 통화 스와프 체결액이 적어도 당분간 큰 문제는 없다.

현재 입출국이 완전히 금지된 상태이다.

하여 해외여행으로 인해 지출되는 외환이 없는 것도 다행한 일이다.

현수는 푸틴에게 조차지를 한시적 국가로 선포할 계획임을 이야기했다. 허락을 구하는 말이 아니라 '통보'이다.

현재는 러시아 영토이지만 100년 동안은 러시아의 법률이 적용되지 않는 치외법권이 조차 조건 중 하나이다.

하여 그럴 줄 알았다는 표정이다.

"근데 꼭 그렇게 해야 합니까?"

표정이 굳은 푸틴의 눈치를 본 메드베데프의 말이었다.

"그래야 러시아와 통화 스와프를 제안할 수 있으니까요."

통화 스와프란 '국가 간 외환 거래 방법' 중 하나이다.

서로 다른 통화를 사용하는 국가들이 외환 시세의 안정을 도모하기 위해 체결하는 협정이다. 상대방의 통화를 약정된 환율로 거래하기로 하는 것을 뜻한다.

계약의 주체는 두 나라의 '중앙은행' 이다.

일시적으로 부족한 외환을 안정적으로 조달할 수 있고, 시세 변동에 따른 위험성을 줄일 수 있다는 장점이 있다.

이는 조차지가 '국가' 가 되어야 가능하다. 그렇기에 독립 국가 선포를 인정하라고 통보한 것이다.

"네? 통화 스와프요?"

대체 무슨 소리냐는 뜻이다.

"달러화 기준으로 2,000억 달러 어떻습니까?"

한화로는 235조 1,500억 원이며, 러시아 화폐로 따지면 약 14조 7,000억 루블이다.

참고로, 러시아는 지난 2014년 10월에 지나와 통화 스와프를 체결한 바 있다. 한화로 약 26조 원 규모이다.

물론 현재는 무효가 된 협정이다. 그런데 그것의 9배가 넘는 금액이 제시되었다.

*　　　　　*　　　　　*

"헉……! 저, 정말입니까?"

푸틴과 메드베데프가 동시에 화들짝 놀란다.

IMF가 2016년 상반기에 발표한 경제 규모로 따지면 대한민국이 세계 11위, 러시아가 14위이다.

한국이 고작 662억 달러인데 러시아에 달러화 기준 2,000억 달러짜리 통화 스와프를 제안했다.

러시아보다 훨씬 경제규모가 작은 벨라루스와 우크라이나는 1,000억 달러를 제안할 것이다. 이 정도면 세 나라 모두 외환위기를 겪는 일이 없을 것이다.

이는 외부 영향에 큰 구애를 받지 않고 안정적인 경제정책을 펼칠 수 있는 여건이 된다.

푸틴과 메드베데프는 러시아를 이끄는 국정 총책임자이다. 하여 방금 들은 말이 정말이냐는 표정이다.

엄청난 호조건임을 감추지 못한 것이다.

"물론입니다. 다만 조건이 있습니다."

"뭐죠?"

"슬라브 3국 사이의 분쟁이 없었으면 합니다."

대놓고 우크라이나와의 관계를 이야기하는 것이다.

"……!"

"전쟁은 적지 않은 인명 피해뿐만 아니라 경제적 손실을 야기하는 일이지요. 아울러 지워지지 않는 증오심의 원천이 될 수도 있구요. 안 그렇습니까?"

"그, 그렇소."

마지못한 대답이다.

"우크라이나의 친러 인사들을 받아들이시고 전쟁을 끝내는 편이 낫지 않을까요?"

"……!"

대답이 없다. 살던 터전을 버리고 러시아로 오라는 건 결코 쉬운 일이 아니기 때문이다.

하여 뭔가를 생각해보려 할 때 현수의 말이 이어진다.

"그보다는 다른 데를 보시는 편이 낫다고 생각합니다. 눈에 보이지 않는 적이 더 무서우니까요."

"……?"

이번엔 또 뭔 소리냐는 표정이다.

"터키 대사가 S-400을 도입하겠다고 했지요?"

"헉! 그, 그걸 어떻게……?"

확연히 놀란 표정이다. 터키와 방산 협의를 하는 건 푸틴을 비롯한 극히 일부만이 아는 사실이기 때문이다.

"Y-Data가 이렇게 보고하더군요. 터키가 4개 포대를 무장시킬 분량을 도입할 계획을 세웠다고요."

"……!"

새삼 Y-Data의 정보력이 무섭다고 느낀 듯 흠칫거린다. 소매를 걷은 메드베데프의 팔엔 소름이 돋아 있다.

"터키가 미국으로부터 F-35 100기를 도입하기로 했다는 건 아시죠? S-400보다 훨씬 먼저 결정된 겁니다."

"험, 험! 그야 당연히……."

푸틴의 말이 잘렸다.

"터키가 러시아로부터 S—400을 도입하는 걸 보고도 미국이 순순히 F—35를 인도할까요?"

서로를 보고 으르렁거리는 냉전시대는 아니지만 러시아와 미국은 결코 우방이 아니다.

따라서 터키가 S—400 수입을 강행할 경우 F—35 공급을 끊어버릴 확률이 매우 높다.

자칫 F—35의 제원 및 스텔스 기술, 그리고 서유럽과 북대서양조약기구(NATO) 각국의 방어 전략 등이 러시아로 유출될 수도 있기 때문이다.

현재의 터키는 나토 동맹국 중 하나이며, 시리아 내전 및 중동 사태에 미국과 함께 깊숙이 개입되어 있다.

이런 상황에서 미국을 등지게 되면 터키는 지금껏 진행해 온 여러 프로그램들을 포기해야 한다.

사실 S—400은 실전에서 인정받은 바가 없다. 그러므로 터키가 무리해서 미국을 배척할 이유가 없다.

그럼에도 S—400을 수출해 달라는 요청을 했고, 러시아는 기쁜 마음으로 검토하는 중이다.

"터키가 필요 없는 F—35를 구입하기로 하진 않았겠죠?"

"허험, 우리 Su—35의 성능은 F—35 못지않소."

S—400 때문에 터키가 미국의 F—35를 공급받지 못한다면

Su—35를 판매할 의도가 있다는 뜻이다.

이것은 Su—30 MK를 개량한 4.5세대 다목적 전투기로 공대공 및 공대지 능력을 향상시킨 것이다.

Su—27 플랭커의 기체를 기반으로 한 특별한 구조 덕분에 5세대 전투기가 흉내 낼 수 없는 수준의 기동을 보여준다.

소위 코브라 기동이라 하는 걸 가장 유연하고 자연스럽게 구사할 수 있는 것이다.

근접전에서는 F—22 랩터와 어깨를 나란히 할 수 있는 수준이라 F—35와 비교할 때 많이 언급되는 기체이다.

아무리 그래도 스텔스 기능을 가진 F—35에는 못 미친다는 것이 군사 전문가들의 공통된 의견이다.

"터키가 정말로 F—35를 포기하고 Su—35를 구입할 거라 생각하십니까?"

"……!"

둘은 대답이 없었다. Su—35이 자랑스럽기는 하지만 손색이 있다는 걸 너무도 잘 알기 때문일 것이다.

"S—400이 도입되면 표적으로 F—16을 써보겠다는 말을 한 것으로 압니다."

"헐! 그걸 어떻게……?"

몹시 놀란 표정이다.

이는 아무런 기록장치가 없는 밀실에서 구두로 한 말이다.

러시아는 이 말에 상당히 고무되었다. 실전이나 마찬가지인 상황 데이터를 얻을 수 있는 기회이기 때문이다.

"한마디 충고를 드리자면 상대를 너무 믿지 마시라는 겁니다. 영원한 우방이 없다지만 특별한 이유 없이 우방을 배척하는 일도 없습니다."

"그 말은……?"

노련한 푸틴은 금방 무슨 뜻인지 알아들은 모양이다.

터키와 미국이 짜고 짐짓 파탄 난 관계처럼 연기를 하여 러시아의 뒤통수를 치려고 수작부리는 것이 아니냐는 표정이 그 증거이다.

메드베데프도 고개를 끄덕이고 있다. 이쯤 되면 전할 말은 다 전한 것이다.

댐의 작은 구멍 하나가 전면적 붕괴를 불러일으키고, 작은 의심 하나가 밀월 관계를 깨는 법이기 때문이다.

"25억 달러는 러시아가 처해 있는 경제위기를 단숨에 해소시킬 만큼 큰돈이 아닙니다."

겨우 4개 포대만 무장시킬 S-400을 파는 것으로 대공미사일에 적용된 기술 등을 빼앗기고 싶으냐는 뜻이다.

"……!"

푸틴과 메드베데프는 동시에 생각에 잠겼다. 현수의 말을 믿을 수도, 믿지 않을 수도 없었기 때문이다.

하지만 생각은 길게 이어지지 못했다. 현수 때문이다.

"앞으로는 전쟁 방식이 많이 달라질 겁니다. 시간 날 때마다 SF영화를 많이 봐두십시오."

"에? 공상과학영화를 보라고요?"

"네! 상상력이 미래를 지배할 거니까요."

현수는 너무도 태연하지만 둘은 무슨 얘기인지 속 시원히 말해달라는 표정이다.

"Y—Data에서 그렇게 보고하더군요."

"아……!"

둘의 입에서 동시에 탄성이 나온다. 잠시 잊고 있었다는 표정이다.

본인도 모르던 팬티 색깔과 문양까지 알고, 아직 태어나지도 않은 아기가 언제, 어떤 병에 걸릴지 안다는 곳이다.

그리고 그 병을 다스릴 약을 개발한 곳이기도 하다.

하인스 킴은 결코 적이 아니다. 따라서 의심할 필요가 없다. 게다가 Y—Data가 그렇다면 그런 것이다.

어느새 존재감이 확실해진 모양이다.

"그럼, 우크라이나와의 분쟁은 끝내주실 거죠?"

"…그러겠소."

푸틴의 대꾸였다.

"고맙군요. 참, 지르코프에 대한 조사는 끝내셨죠?"

대답대신 고개만 끄덕인다.

"전에 말씀드렸던 대로 그에게 항온의류 유럽총판권을 줄 겁니다. 많이 도와주십시오."

"그럴 것이오."

푸틴의 고개가 순순히 끄덕여진다.

아무짝에도 쓸모없는 폭력 조직을 양성화시켜 치안을 안정시킬 뿐만 아니라 막대한 세금을 납부하는 집단이 된다면 환영할 일인 것이다.

"갖춰야 할 게 너무 많아서 최소 1년은 지나야 판매가 시작될 겁니다."

"아무래도 그렇겠죠."

"그 전까지는 마피아의 때를 벗는 작업이 진행될 겁니다."

단박에 체질개선이 되지 않음을 이야기한 것이다.

"그것도 알겠네."

"지르코프에게 복수할 기회를 주고 싶은데 대통령님의 의중은 어떠신지요?"

"…허가하지. 다만 모스크바나 상트페테르부르크 같은 대도시 지역에선 곤란하네."

빅토르 아나톨로에스키에 대한 보고서는 이미 읽은 바 있다. 한마디로 정의하자면 '빅토르는 나쁜 놈'이다.

알렉세이와 빅토르보다 먼저 세대를 이끌던 보스 니꼴라이 체니소프가 있었다.

그는 나이가 들자 일선에서 물러설 결심을 했다. 그러곤 동반 은퇴하게 될 원로들로부터 다음 보스를 추천받았다.

상당히 이례적인 일이다.

원로들은 알렉세이와 빅토르 외에 여섯 명의 후보를 추천했다. 이에 니꼴라이는 별도의 조직을 풀어 후보들에 대한 자질 검정에 들어갔다.

그러는 동안 후보 여섯이 사망했다.

조사해 보니 빅토르가 보낸 히트맨에 의한 제거였다.

후보들뿐만 아니라 그의 가족까지 시체로 발견되자 니꼴라이는 알렉세이 이바노비치를 차기보스로 정했다.

마침 빅토르는 너무 잔인하고, 성정이 포악하며, 분수를 모르는 욕심을 부리고, 인간성이 말살되어 있으므로 차기 보스로 적합지 않다는 별도 조직의 보고가 있었던 때문이다.

총보스 자리에 오르지 못하게 된 빅토르는 거점을 상트페테르부르크로 옮겼다.

새 보스가 된 알렉세이가 동료들을 죽인 죄를 묻겠다고 하면 곧바로 해외로 도주할 생각이었던 것이다.

그러는 한편 흩어진 조직들을 규합하여 힘을 키워갔다.

이 과정에서 상당히 많은 악행을 저질렀다. 마약과 무기 밀매, 그리고 인신매매가 약과로 보일 정도였다.

살인, 강간, 암매장, 장기밀매 등 반인류적 행위를 서슴지 않았다. 누구든 반기를 들면 목숨을 빼앗는 것은 물론이고, 그 가족의 장기까지 적출(摘出)했다.

이렇게 희생된 인원만 1,000~2,000명이다.

이런 내용의 보고서를 읽었기에 지르코프의 복수를 흔쾌히 허가해 준 것이다.

"보로비치 정도는 어떻습니까?"

모스크바와 상트페테르부르크 사이의 인구 5만 정도인 작은 도시이다.

"뭐 그 정도라면……."

푸틴이 고개를 끄덕일 때 메드베데프가 한마디 더한다.

"될 수 있으면 외곽을 택하기 바랍니다."

도시민의 피해를 저어한 발언이다.

"그야 물론입니다. 그곳 주민들에겐 피해가 없도록 하라고 확실하게 주지시키겠습니다."

이것이 어제 크렘린궁에서 있었던 대화 내용이다.

궁을 나서는 현수의 품에는 푸틴의 친서가 들어 있었다. 우크라이나 대통령 페트로 포로셴코에게 보내는 친서이다.

대립관계를 청산하자는 내용과 더불어 친러 성향인 돈바스 주민들이 러시아로 넘어가는 것을 인가해달라는 내용이다.

이에 대한 대가는 즉각적인 종전과 더불어 루간스크 공화국과 도네츠크 공화국이 차지하고 있는 5만 3,201㎢를 반환하는 것이다.

아울러 상호불가침 협정도 맺어준다.

둘 사이에 조차지가 존속하는 동안 유효한 협정이니 향후 100년간 전쟁이 없다는 뜻이다.

내전으로 인해 경제가 침체되었고, 국력이 크게 손실된 우크라이나 입장에선 받아들일 수밖에 없을 것이다.

일찌감치 크림반도를 빼앗겼지만 그곳은 원래 러시아의 땅이었고, 주민의 95% 이상이 친 러시아이니 되찾아봐야 반란이 일어날 확률이 높다.

따라서 푸틴의 친서는 가납(嘉納)될 확률이 매우 높다.

국제사회가 그토록 애썼지만 실현되지 않았던 우크라이나의 평화가 현수의 세 치 혀에 의해 이루어질 모양이다.

Chapter 06

—

어딜 만진 거지?

"다녀오셨어요?"

"응!"

현수가 양복 상의를 벗자 이를 받아 들며 지윤이 한 말이다. 달라기에 건네주는데 오래전 기억이 떠올랐다.

예전의 아내 권지현과 강연희도 귀가할 때마다 이랬다.

몇 주, 혹은 몇 달 만의 귀가일 때도 많았는데 늘 아무렇지도 않은 듯 환한 웃음으로 맞이하곤 했던 것이다.

그러면서 잊지 않고 와준 것만으로도 황공하다고 했다. 처음엔 비꼬는 말인 줄 알았는데 그게 아니었다.

아내들은 진심으로 남편인 현수의 귀환을 반겼던 것이다.

물론 그에 대한 보답은 별거 없었다.

이미 없는 것이 없는 상황인지라 사나흘쯤 이어지는 침실에서의 열풍만으로도 충분히 만족해했던 것이다.

어쨌거나 이런 소박하면서도 진심 어린 반김은 제국 선포 후 황제가 된 이후에도 그랬다.

둘은 현수의 옷을 받아 옷장이나 스타일러에 넣는 일을 시종이나 시녀에게 맡기지 않았다. 나중에 물어보니 그게 아내 된 도리라 생각했다고 하였다.

현수는 새삼스러운 시선으로 지윤을 바라보았다. E—GR 덕분에 오관 균형이 잡히자 확실히 전보다 아름다워졌다.

와락 끌어안고 곧바로 입술을 취하고 싶을 만큼 고혹적이기도 하다.

색(色)은 이미 오래전에 달관했지만 자연스레 치미는 것까지 사라진 것은 아니다. 하여 신체의 한 부분이 반란을 일으키려는 조짐을 보인다.

'흐으음~!'

지윤을 맞이하기로 했지만 아직은 아내가 아니다.

그러니 애써 스스로를 컨트롤했다. 평범한 사내라면 절대 불가능할 일이다. 하지만 현수가 누구인가!

판타지 소설에 자주 등장하는 현자(賢者)의 표본이다. 하여 반란은 시도되자마자 바로 평정되어 버렸다.

이런 줄 모르는 지윤은 현수의 양복 상의를 받아 안으며 환히 웃는다.

"가셨던 일은 잘되신 거죠?"

"응. 원하는 대로 됐어."

짐짓 아무렇지도 않은 듯한 표정이다.

"잘되었네요. 피곤하시면 좀 쉬세요."

지윤은 자신의 말에 꼬박꼬박 대꾸해주는 현수를 보곤 살짝 웃음 짓는다.

이제야 남친 내지 애인이라는 생각을 한 것이다.

"피곤하긴……! 괜찮아."

넥타이를 풀며 한 말이다.

"그럼 마실 거 드릴까요? 주스, 커피, 녹차가 있어요."

"그래? 혹시 사과주스도 있어?"

"네, 그럼요."

현수가 가장 즐기는 음료인 걸 알기에 구해다 놓은 것이다.

"참! 양말도 사다놓았어요."

"어! 그래? 구멍 난 거 봤구나. 고마워."

"고맙기는요. 씻고 갈아 신으세요."

"그래! 그럴게."

"씻으시는 동안 저는 저녁 준비를 할게요."

"준비……? 주문이 아니고?"

"네! 간만에 묵은지꽁치찜이랑 파전 어때요?"

지금껏 계속해서 호텔식만 먹어왔다. 하여 한식이 그립던 때인지라 현수의 눈이 대번에 커진다.

"웅? 그게 여기서 가능해?"

주방이 없으니 한 말이다.

"한인 마트에서 부르스타 구해왔지요, 호호!"

뭐가 그리 즐거운지 함박웃음을 짓더니 창문을 열고. 신문지를 깐다. 그러곤 부르스타 위 냄비에 약간에 물을 붓더니 꽁치통조림을 까서 넣고, 김치도 썰어 넣는다.

다음으로 쪽파를 잘게 썰어놓고는 밀가루를 풀어 파전을 준비했다. 흘깃 바라보니 새우와 조갯살, 그리고 오징어가 보인다. 해물파전을 준비하는 모양이다.

저절로 침이 솟았지만 여기까지만 보고 욕실로 들어가 샤워를 했다.

한편, 지윤은 룰루랄라 하며 묵은지꽁치찜과 해물파전을 준비하는 한편 오뚜기밥을 전자레인지에 넣어 덥혔다.

현수가 샤워를 마치고 나왔을 땐 제법 그럴 듯하게 차려진 상태였다.

"지금 드실 거죠?"

시계를 보니 오후 7시 경이다. 딱 저녁 먹을 시각이다.

"웅? 아, 그럼. 음식은 따뜻할 때 먹어야지."

"그럼 여기 앉으세요."

자리에 앉자 먹기 편하게 세팅해 준다.

현수는 오랜만에 보는 묵은지꽁치찜이 너무나 먹음직스러

워 밥에 쓱쓱 비볐다. 저절로 침이 샘솟는 비주얼이다.

하여 한입 가득 넣고 씹었다.

"크흐으! 맛있네."

"정말요?"

"응! 지윤 씨 음식 솜씨가 좋은가 보네. 정말 맛있어."

밥과 어우러진 김치찜과 통조림 꽁치의 맛을 즐기며 열심히 씹어 삼킬 때 지윤이 제 손으로 본인의 이마를 탁 친다.

"아! 깜박했다."

후다닥 달려가더니 냉장고에서 막걸리를 꺼내왔다.

"엉? 그건 막걸리……?"

모스크바에서 볼 수 있을 거라 생각지 못했던 것이기에 현수의 눈이 커졌다.

"네! 이걸 사놓고도 깜박했어요."

"그걸 왜 사왔는데?"

"해물파전을 하는데 이게 없으면 안 되잖아요. 그쵸?"

전적으로 맞는 말이기에 고개를 끄덕였다.

"응? 으응, 근데 모스크바에도 막걸리가 있어?"

"네! 한인마트에 가니까 있더라구요. 소주 살까 이거 살까 고민하다 이거 가져왔는데, 괜찮죠?"

"그럼! 파전엔 막걸리지."

잔으로 준비한 머그컵을 내밀고는 솜씨 좋게 따라준다.

돌, 돌, 돌, 돌—!

"지윤 씨도 마실 거지?"

"네에, 저도 한 잔 주세요."

지윤은 혓바닥을 낼름 하고는 얼른 두 손으로 잔을 든다.

돌, 돌, 돌, 돌—!

"그, 그만 됐어요."

잔이 가득 차려 하자 살짝 올려들며 한 말이다. 머그잔의 용량이 400ml쯤 되는 모양이다.

"자, 그럼 본격적으로 먹어볼까?"

나무젓가락을 벌려서 떼어낸 현수는 해물파전에 먼저 손을 댔다. 먹기 좋게 찢어놓으려는 것이다.

"어머! 그냥 놔두세요. 제가 할게요."

지윤은 손으로 잡아 쭉쭉 찢어낸다. 방금 전에 프라이팬에서 지글지글하던 것이다.

미국 '소비자제품안전위원회' 자료에 따르면 화상을 입는 온도는 아래와 같다.

온도()	1도 화상	2~3도 화상
67℃	즉시	1초
65℃	1초	2초
60℃	2초	5초
55℃	5초	25초
50℃	1분	5분
46℃	35분	45분

참고로, 1도 화상은 표피층만 손상된 상태로 피부색이 빨갛게 변하고 감각이 예민해진다.

2도 화상은 진피층까지 손상되어 아프고 물집이 생긴다. 손상이 깊으면 3주 이상 걸려야 아물기도 한다.

3도 화상은 피하지방층까지 손상된 것이다. 신경까지 손상되므로 통증은 오히려 덜하거나 아예 없기도 한다.

'저거 안 뜨거울까?'

'뜨겁죠. 지금 만진 부위는 71.3℃였어요. 지윤 님 손끝에 약한 화상이⋯ 아! 근데 금방 낫네요. 역시 E—GR이에요.'

아직 덜 식은 기름기에 의해 금방 2~3도 화상이 발생되었지만 순식간에 회복되었다는 뜻이다.

사실 뜨겁다면 손으로 귓불을 잡는 것이 정상이다.

그런데 E—GR의 효과 덕에 살짝 따끔한 느낌만 받는 듯한데 습관이 되면 안 된다.

"그거 뜨거워! 그러니까 좀 식으면 해."

"네? 괜찮아요. 그리고 파전은 뜨거울 때 먹어야죠."

"끄응!"

나지막한 침음만 냈을 뿐 더 만류하지 못했다. 어느새 거의 다 찢어놓은 때문이다.

"자아! 이제 드세요."

티슈를 뽑아 손의 기름기를 닦으며 한 말이다.

"손 괜찮아? 뜨겁잖아. 어디 봐."

말을 하며 지윤의 손을 잡아 살갗을 살펴보았다.

도로시의 보고대로 아무런 이상이 없다.

하지만 열감은 아직 남아 있는 듯하다. 하여 자신의 포갠 손 사이에 끼웠다.

"괘, 괜찮아요."

슬쩍 힘을 가해 손을 빼려하지만 현수가 누구인가!

"괜찮긴. 잠시만 있어. 이럼 뜨거운 기운이 좀 가실 거야."

"진짜 괜찮은데……."

"다음부터는 손으로 하지 말고 집게와 가위를 써."

"네, 알았어요."

손 잡히고 있는 것이 부끄러운 듯 고개를 숙인다. 귀밑머리가 살랑거렸고, 속눈썹 바르르 떨리는 모습이 보였다.

지윤의 뺨이 점점 더 붉어져 끝내 잘 익은 능금빛이 되는데 걸린 시간은 불과 10초였다.

"자! 이제 괜찮을 거야."

다시 한번 지윤의 손을 살펴보곤 시선을 떼었다.

"고맙습니다."

"고맙긴, 먹기 좋게 찢어줘서 내가 더 고맙지. 자, 건배!"

"네에."

챙—!

머그잔을 부딪친 현수는 벌컥벌컥 마시기 시작했다.

막걸리가 식도를 따라 내려가는 동안 후두가 위아래로 움직이는 모습을 보던 지윤의 시선이 잠시 몽롱해진다.

이 모습에서 섹시함을 느꼈고, 또 한 번 반해버린 것이다. 이에 대한 신체의 반응은 즉각적이었다.

"안 마셔?"

"네? 아, 마, 마셔요."

지윤도 잔을 들어 막걸리를 들이켰다.

현수는 반 이상 잔을 비웠지만 지윤은 그것의 반도 비우지 못한다.

"카~아!"

"에구, 누가 보면 엄청 독한 술인 줄 알겠네."

"헤헤! 그런가요? 자, 안주 드세요."

술을 마셔서 그런 건 분명 아닐 것이다.

아무리 민감하다 하더라도 마시자마자 그 즉시 깡다구가 늘어나는 건 아니기 때문이다.

지윤은 대범하게도 자신이 젓가락으로 집어 든 해물파전을 입으로 받아먹기를 바라는 모양이다. 어찌 성의를 무시하랴!

"…고마워!"

우걱, 우걱, 쩝, 쩝, 우걱, 쩝, 쩝! 꿀꺽—!

밀가루 반죽을 할 때 간을 하지 않은 모양이다. 간장을 찍지 않아 약간 싱거웠지만 내색하지 않고 씹어 삼켰다.

"어때요?"

"맛있네."

무뚝뚝하게 대꾸하고는 한 점 더 집어 간장에 쿡 찍고는 지
윤에게 내밀었다.

"자아, 지윤 씨도⋯⋯."

"⋯네에."

지윤도 입으로 받아먹는다.

쩝, 우걱, 쩌쩝, 우걱, 우걱, 쩌쩝, 우걱, 쩝—! 꿀꺽—!

'아! 맛있어, 내 손맛 괜찮은가 봐. 처음 해본 건데.'

지윤의 눈이 반달처럼 휘어진다.

정말로 본인 입맛에 괜찮았던 것이다. 그렇게 파전을 씹어
삼킨 지윤은 잔을 들어 남은 막걸리를 모두 마신다.

꿀깍, 꿀깍, 꿀깍—!

"캬아아아~!"

"어때? 한 잔 더⋯⋯?"

"네, 주세요."

막걸리 병을 새로 딴 현수가 잔에 따랐다.

돌, 돌, 돌, 돌—!

잔은 금방 채워졌다.

"천천히 마셔, 쫓아오는 사람도 없는데."

"네에. 전무님도, 아니, 자기도 잔 비워요."

"그래."

현수가 잔을 비우자 기다렸다는 듯 남은 막걸리를 모두 따
른다. 한 병 용량이 750$m\ell$이니 지윤의 잔에 350$m\ell$, 현수의 잔

에 400ml가 따른 것이다.

돌, 돌, 돌, 돌—!

"짠해요."

"그래."

잔을 부딪친 후 한 모금 넘기는데 지윤은 벌컥벌컥이다.

'어라? 왜 이러지?'

즉각 도로시가 반응한다.

'글쎄요? 여자가 술을 마시는 이유는 스트레스가 쌓여 있거나 우울감을 해소하기 위함이 많다는데 그거 아닐까요?'

'흐음! 집 떠나온 지 너무 오래돼서 이러는 건가?'

'그것도 일리가 있겠네요. 호텔이 아무리 편하다고는 하지만 집만큼 편한 것은 아닐 테니까요.'

'그치? 근데 왜 술로……?'

현수는 단숨에 잔을 비운 지윤이 조금 이상해 보였다. 술로는 향수병이 해결되지 않음을 너무 잘 알기 때문이다.

*   *   *

꼴깍, 꼴깍, 꼴깍—!

"캬아아~!"

탁—!

단숨에 잔을 비우곤 기세 좋게 내려놓는데 조금 남았는지 몇 방울이 튀어 올라 현수의 바지에 묻는다.

그런데 하필이면 무릎 정중앙 주름 잡힌 곳이다.

"어머! 미, 미안해요."

후다닥 달려와 얼른 터는데 면(綿)의 흡수력은 상당하다. 하여 10원짜리 동전만 한 작은 얼룩이 생겼다.

"이, 이거 어쩌죠? 아까 다림질해 온 건데."

지윤은 정말 당황한 듯 우왕좌왕한다.

"괜찮아. 물휴지로 닦으면 될 거야."

"히잉! 하필이면 주름이라 물 묻히면 안 된단 말이에요. 어쩌죠? 지금 벗어주실래요?"

"…지금? 여기서…?"

"아……! 아니에요. 방에서 갈아입고 오시면 안 돼요? 런드리(Laundry) 서비스 부를게요."

"괜찮아, 바지가 이거 하나뿐인 거 아니잖아. 그리고 내일 맡겨도 되고. 안 그래?"

"그렇긴 한데… 히잉! 죄송해요."

지윤이 인상을 찌푸리며 일어선다. 그런데 하필이면 현수의 구두를 밟고는 화들짝 놀라며 발을 떼다 엎어진다.

"어어, 어맛!"

와락—!

'웃……!'

엎어지는 지윤을 엉겁결에 잡던 현수의 손이 뭉클한 가슴을 움켜쥐었다. 그런데 마땅히 느껴져야 할 게 없다.

얇은 블라우스 한 겹만이 살갗과 살갗 사이에 놓인 것이다.

장보고 와서 세팅을 해놓고 샤워를 했는데 현수가 늦게 올 줄 알고 브래지어를 착용하지 않았다.

혼자 있으니 잠시라도 편하게 있으려던 것이다.

어쨌거나 손을 바로 뗄 수는 없었다. 무게중심이 여전히 아래쪽을 향하고 있는 때문이다.

다시 말해, 손을 떼는 즉시 앞으로 엎어지는데 하필이면 현수의 사타구니 쪽이다. 하여 뭉클한 것을 계속해서 움켜쥘 수밖에 없는 상황인 것이다.

노련한 현수는 짐짓 아무렇지도 않은 듯 밀어냈다.

"에구, 조심 좀 하지. 괜찮아?"

"하아! 죄송해요."

지윤 또한 별일 아닌 듯 고개 숙여 사과한다. 그러곤 얼른 옷매무새를 가다듬는다. 물론 얼굴은 새빨갛다.

잠시 어색한 침묵이 흐른다.

"……!"

이걸 깬 것은 현수였다.

"아! 이거 다 식겠네. 어서 먹자."

"네? 아, 네에."

접시 위의 파전은 순식간에 사라졌다.

맛도 맛이지만 둘 다 먹는 데 집중한 결과이다. 그사이에 새로운 막걸리 두 병이 더 비워졌다.

이번에도 공평하게 나누어 마셨다.

둘이서 네 병을 마셨는데 거의 비슷하게 먹었으니 지윤 혼자서 두 병쯤 마신 셈이다. 시판되는 막걸리는 맥주보다 알코올 함량이 높은 6도짜리 술이다.

술이 약한 지윤은 얼굴이 새빨갛게 변했다. 취기가 오르는지 머리를 짚고는 안 되겠다는 듯 고개를 흔든다.

"전무님……! 죄송한데 저 먼저 들어가서 쉴게요."

"응! 그, 그래! 편히 쉬어."

얼굴이 새빨개진 지윤이 제 방으로 들어갔다.

"휴~우!"

현수는 나지막한 한숨을 쉬었다.

본의는 아니지만 어쨌든 또 가슴을 만졌다. 어제는 브래지어라도 있었지만 오늘은 얇은 천 한 겹뿐이었다.

이게 마음에 걸렸던 것이다.

주섬주섬 먹던 것들을 치우곤 양치를 하고 본인의 방으로 들어갔다. 커튼을 제쳐보니 겨울비가 내리고 있다.

잠시 창밖 풍경에 시선을 주고 있었는데 번개가 내리 꽂히며 하늘이 밝아진다.

번쩍—!

'하나, 둘, 셋, 넷! 하나, 둘!'

콰아아앙—!

빛이 번쩍이고 1.5초쯤 걸렸으니 약 500m 정도 떨어진 곳에 낙뢰된 모양이다.

쏴아아아—!

'겨울비 치는 양이 많네. 모스크바가 원래 이런가?'

기다렸다는 듯 도로시가 대꾸한다.

'아뇨! 지구온난화로 인한 기상이변 현상이에요.'

빗방울은 점점 더 세차고, 굵어지고 있었다.

'눈이었으면 폭설이었겠군.'

'예상 강수량 55㎜예요. 눈이면 55㎝가 쌓였을 거예요.'

'헐…! 차라리 비가 낫지.'

밤새 내린 눈으로 인해 빙판이 된 도로 위를 엉금엉금 기어가는 자동차를 연상하고 한 말이다.

'그나저나 겨울비치고는 꽤 많네.'

'네, 음악 틀어드려요?'

현수의 심사를 짐작이라도 한 모양이다.

'좋지! 김종서의 겨울비 틀어줘.'

말 떨어지기 무섭게 쏟아지는 빗소리에 이어 기타 소리가 들린다.

겨울비처럼 슬픈 노래를 이 순간 부를까?

우울한 하늘과 구름 1월의 이별 노래

별들과 저 달빛 속에도 사랑이 있을까?

애타는 이내 마음과 멈춰진 이 시간들……

현수는 팔짱을 낀 채 창밖 비에 시선을 주고 있었다.

김종서의 노래는 몇 분 만에 끝났다.

뒤이어 현수가 작사 · 작곡했고, 만인의 사랑을 받았던 비와 관련된 노래들이 이어진다.

모두 주옥같은 명곡들이다. 문득 생각나는 사람들이 있다.

'참! 다이안은 지금 뭐 해?'

'다이안은 멤버 전부 2집 활동 끝내고 바하마 저택에서 재충전의 시간을 갖고 있어요.'

'그래? 즐거워해?'

'네! 다들 즐거워 보이네요. 보여드려요?'

'그럴 수 있으면 보여줘.'

'넵! 당연히 되죠.'

말 떨어지기 무섭게 비키니 차림인 멤버들이 밀려오는 파도를 피하는 게임을 하며 깔깔거리고 있다.

'어? 바닷가인데 왜 사람이 없지?'

'저택에 딸린 개인 소유 백사장이라 그래요.'

경호원으로 따라간 신팔호가 시선을 돌리자 제법 많은 사람들이 보인다. 그들 모두 파란색 담장 너머에 있다.

다시 시선을 돌리니 또 다른 담장이 보인다.

저택에 딸린 개인 소유 백사장의 경계를 담장으로 표시한 모양이다.

시선은 달려가다 넘어진 서연으로 바뀐다. 흰색과 분홍색이 어우러진 비키니 차림인데 확실히 글래머러스하다.

도로시가 지시를 했는지 줌으로 당겨 선명한 가슴골을 보여준다. 이때 서연이 돌아섰고, 곧바로 잘록한 허리 아래 발달된 둔부가 보인다. 늘씬한 허벅지는 덤이다.

엉덩이에 묻은 모래알은 물론이고 바르르 떨고 있는 솜털까지 보일 정도로 선명한 영상이다. 고해상도 영상인 4K나 8K를 훨씬 뛰어넘는 고화질이다.

시력 좋은 사람이 엉덩이로부터 25㎝쯤 떨어진 곳에서 확대경을 들이대고 세밀하게 살펴보는 것이나 다름없다.

시선은 가슴을 출렁거리며 달려오는 연진의 모습으로 바뀐다. 뭐가 그리 좋은지 환하게 웃는 얼굴이다. 건강해 보이는 미소와 하얀 치열이 어우러진다.

그런데 금방 가슴으로 시선이 집중된다.

달려오다 멈춰 서서 호흡을 가다듬는데 가슴이 오르락내리락하는 모습이다. 그러고 보니 피부에 잡티 하나 없다.

E—GR의 효능이 발휘되면서 기미와 주근깨 등이 사라지면서 동시에 모든 잡티까지 사라졌다.

아울러 모공이 적당히 수축되면서 모집력(毛執力)이 강화되었고, 피지 분비도 완전 정상으로 바뀌었다.

달려와서 그런지 잠시 헐떡였는데 벌어진 입술 사이로 촉촉한 혀가 보인다.

시선은 계속해서 바뀌었다.

서연, 연진에 이어 예린, 정민, 세란 순이었는데 가슴과 둔부, 허벅지를 집중적으로 보여준다.

'도로시! 신팔호에게 변태 프로그램이라도 업로드 했어? 왜 이런 모습만 보여주는 거야?'

'보기 좋잖아요. 섹시하고, 건강미 넘치잖아요.'

보아하니 신팔호에게 이렇게 하라고 지령을 내린 모양이다.

'도로시가 지시한 거지?'

'......!'

'말해봐!'

'보기 좋잖아요, 쳇!'

나직이 투덜거리고는 통신을 끈 모양이다.

그러거나 말거나 신팔호의 시선은 점점 더 노골적으로 변해 간다. 이번엔 하복부 아래 도톰한 삼각주가 집중 공략 대상인 듯 그곳만 비춰준다.

'도로시, 이거 꺼!'

'......!'

'안 끌 거야? 어서 꺼. 이건 보기 좋은 게 아냐.'

아무런 대꾸가 없다. 대신 신팔호의 시선이 바뀐다. 이번엔 얼굴이다. 다들 환한 웃음을 지으며 즐거워하는 모습이다.

현수는 아무런 말도 하지 않고 멤버들을 살폈다.

모두 건강하고, 행복해 보인다.

'3집에 쓸 노래를 줘야겠군. 지금 나오는 곡은 어때?'

'겨울비 나리는데 말씀하시는 거죠? 이 노래 좋죠. 2026년 12월에 발표되어 두 달 동안 빌보드 1위를 했던 곡이잖아요.'

'그랬나? 시기적으로도 너무 늦은 건 아닐 테니 이거하고 적당한 거 하나 더 찾아서 전송해 줘.'

'넵!

말 떨어지기 무섭게 '겨울비 나리는데'와 '사랑은 가고' 라는 곡이 선택되어 레코딩이 된다.

작사 · 작곡 모두 하인스 킴이고, 가이드 곡은 현수의 음성으로 녹음된다. 악보는 멤버들의 음역 특성을 고려하여 다섯 부분으로 나뉘도록 했다. 멤버 중 하나가 메인이 되면 나머지는 화음을 넣도록 작곡되었다.

여러 음질로 녹음된 MR 파일들은 곧장 'Y—엔터' 사장 조연의 이메일 주소로 전송되었다.

그러는 사이에 계속해서 번개가 쳤고, 천둥소리는 점점 더 요란해진다. 빛과 소리 사이의 간격으로 미루어 짐작컨대 500m 안쪽에 계속해서 낙뢰가 떨어지는 모양이다.

비는 더욱 세차게 변해 몇 m 앞도 제대로 보이지 않을 지경이다. 겨울비 치고는 너무 많으니 확실한 기상이변이다.

번쩍—! 번쩍—! 버언쩍—!

콰콰콰쾅—! 콰쾅—! 콰, 콰콰쾅—!

그리 멀지 않은 교회 첨탑에 연속 세 번 낙뢰가 떨어지며 사방이 환해졌고, 천둥소리에 유리가 흔들린다.

피뢰침이 있었음에도 굉렬한 낙뢰를 견딜 수 없었는지 첨탑 허리가 부러지는가 싶더니 도로로 쏟아져 버린다.

우직, 우지직! 쿠쿠쿵—!

천둥소리에 비하면 작았지만 그래도 작은 소리는 아니었다. 도로를 지나치던 차량을 덮쳤는데 빠져나오지 못한 듯하다.

이 순간 문득 스치는 상념이 있었다.

'도로시! 생각이 바뀌었어.'

'네? 뭐가요?'

'한국의 종교 중 사이비가 가장 많은 종파가 어디지?'

'네……? 그건 왜요?'

간을 보려는지 도로시의 음성이 은근해졌다.

'세금 한 푼 안 내면서 사회 분위기만 흐리는 아주 이기적인 것들은 그냥 둬선 안 되겠지?'

'헐~! 무슨 말씀을 하시려구요?'

'그 종파의 성직자라는 것들 모두에게 데스봇이나 변형 캔서봇을 투여해.'

'네……? 지, 진심이세요?'

'응! 황명이야.'

'…어명을 받드옵니다. 근데…….'

'현직뿐만 아니라 은퇴한 것들과 장차 사기꾼 대열에 동참

하겠다고 하는 것들 전부가 대상이야.'

'끄응~!'

성직을 가장한 탐욕스러운 인간들 모두를 제거하라는 뜻이다. 그런데 그 숫자가 만만치 않게 많다. 하여 뭐라 말을 하려는데 현수의 말이 이어진다.

'하는 김에 그 종교 광신자들도 깡그리 지워야겠어.'

'갑자기 왜요?'

'전혀 보탬이 안 되는 것들이니까.'

'그러지 마세요. 제대로 된 종교인들도 있어요. 그리고 현직만 10만 명이 넘어요.'

'10만 아니라 1,000만 명이라도 모조리 지워. 내가 하려는 일에 방해만 되는 기생충이나 구더기 같은 것들이니까.'

'……! 진심이신 거죠?'

'한국의 상장사 전부가 내 거라며?'

'네, 그건 맞아요.'

'그걸로 남 좋은 일 할 순 없잖아.'

'어, 어떻게 하시려구요?'

'한국도 이실리프 제국으로 만들려고.'

'아……! 알았어요. 지시대로 할게요.'

Chapter 07
—
사회 악 제거작전

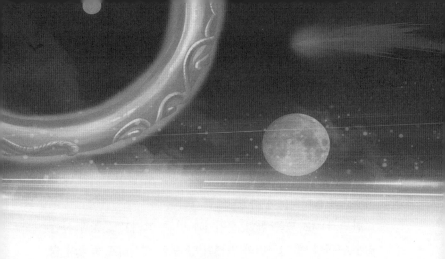

　평행 차원인 이곳으로 오기 전의 남한은 특정 종교 신자들
이 너무 많았다. 하여 제국으로의 편입을 끝내 불허했다.

　한반도 서쪽 대륙, 그러니까 멸망해 버린 지나의 옛 영토는
모두 이실리프 제국이 다스리고 있다.

　누구든 한족의 유전자를 가졌다면 더 이상 후손을 볼 수
없는 몸이 되도록 하여 자연스레 멸족시킨 결과이다.

　동쪽의 일본은 열도 전체가 바다 아래로 가라앉아 존재 자
체가 지워졌다.

　이런 일본의 최후는 마치 영화 같았다.

　열도 침몰 며칠 전부터 남북으로 길게 늘어서 있던 화산들

이 일제히 분화를 시작했다.

엄청난 양의 화산재와 쇄설물이 쏟아져 내리는 아비규환인 상황일 때 열도 전체가 순식간에 가라앉은 것이다.

하여 운 좋게 열도를 떠났던 사람들 이외엔 모두가 수장되어 버렸다. 그 후 제국은 일본계를 백성으로 받아들이지 않아 자연스레 도태되도록 하였다.

한편, DMZ 북쪽 한반도 지역과 만주, 그리고 몽골과 사할린을 포함한 옛 고구려와 발해의 땅 또한 이실리프 제국의 영토가 된 상태였다.

이때의 제국은 대한민국과 불가침 조약을 맺었다. 하여 남한은 전쟁 위험이 전혀 없는 안전한 나라가 되었다.

국방비를 한 푼도 지불하지 않아도 되면 날로 발전해야 마땅하다. 하지만 번영하지 못했다.

오히려 개발도상국 정도로 쇠퇴해버렸다. 그 이유는 전적으로 특정 종교 때문이다.

지극히 이기적이고, 배타적인 이 종교에 현혹된 신자들이 국론을 사분오열시킨 결과이다.

자기들끼리도 종파를 나누고 서로 사이비라며 손가락질하기에도 바빴기 때문이다. 이 와중에도 상대 신자를 빼앗는 음모와 계략이 횡행했다.

그 결과 시기와 질투로 물든 요지경 같은 세상이 되었다.

게다가 오로지 제 이익만 쫓는 무리들이 여기저기 널려 있었는데 서로가 서로에게 사기를 치고 있었다.

과연 '세계 1위 사기 공화국' 다운 모습이었다.

그렇기에 제국으로의 편입을 계속해서 요청했지만 끝내 받아들이지 않았던 것이다.

특정 종교 신자들은 대부분 자기밖에 모르며, 후안무치하고, 뻔뻔스럽다. 하여 혹시라도 제국의 신민들을 물들일까 싶어 철저히 통제했다.

그래서 제국으로의 여행조차 차단했다. 아울러 제국의 발달된 문물이 공급되는 것도 막았다.

연필 한 자루, 시금치 한 단도 들어갈 수 없도록 아예 법령으로 모든 수출입을 금지했던 것이다.

제국의 과학자와 기술자들이 기울인 노력의 산물을 광신자 집단이 누리도록 하는 것은 배임이나 마찬가지인 때문이다.

하여 이실리프 제국과 대한민국은 외교 관계는 물론이고, 민간 차원의 교류까지 완전히 끊긴 상태였다.

수시로 DMZ를 건너오려는 시도가 있었지만 성공한 자는 없다. 로봇들이 경계 근무를 하고 있었기 때문이다.

평행 차원인 이곳에 와서 느낀 점 중 하나는 백해무익한 이 종교가 여전히 세를 떨치고 있다는 것이며, 이전과 마찬가지로 사회를 좀먹고 있다는 것이다.

세금 한 푼 안 내면서 온갖 혜택은 다 누리고 있고, 국가 발전에는 전혀 도움이 되지 않는 사회의 암 덩어리나 마찬가지인 것들이 큰소리치고 있다.

모르면 그냥 지나쳤겠지만 상황을 알아버린 이상 어찌 두고 보기만 하겠는가!

게다가 이미 상당한 투자를 하여 각종 사업을 벌이고 있으며, 앞으로도 그렇게 할 생각이다. 하여 이번엔 특정 종교 세력을 제대로 축출할 생각을 품은 것이다.

'사이비들이 사용하는 건물과 동일하게 처리해.'

'네? 다 무너뜨리라고요?'

'그래! 하나도 남김없이 모조리!'

아주 단호한 어투였다. 그래서 그런지 도로시는 낮은 침음만 냈을 뿐이다.

'끄응~!'

'일단 금융자산부터 모두 압수해. 차명으로 은닉해 놓은 것까지 몽땅! 뭔 말인지 알지?'

자본주의 세상이니 돈부터 없애겠다는 뜻이다.

'알았어요.'

'지금 즉시!'

도로시의 반응이 없다. 황명이 떨어졌으니 가장 효율적이며 빠른 방법으로 특정 종교의 금융자산들을 처리하기 시작했다.

현재의 대한민국은 정부 기능이 거의 멈춘 상태이다.

판사, 검사, 변호사, 정치인, 교수, 기업인, 공무원, 군인 중 상당수가 이미 목숨을 잃었거나 곧 잃을 것이니 뭘 하고 싶어도 할 수 없는 상황이다.

따라서 금융자산이 없어졌다는 신고를 해도 이를 수사할 인력이 없다.

해외의 모든 국가기관들이 나서도 해결 안 되는 일이니 국내 수사진이 있다 하더라도 성과가 있을 수 없다.

현수의 명이 떨어지기 무섭게 특정종교 단체 및 그를 이끄는 협잡꾼들의 계좌가 비어졌다.

아울러 여기저기 흩어져 활동하던 신일호 형제들의 움직임이 한층 부산해졌다.

위이이이이이잉―!

인간의 귀에는 들리지 않는 초음파가 닿자 반석 위에 지어진 콘크리트 구조물이 잠시 흔들리는가 싶더니 무너진다.

와릉! 와르르! 와르르릉! 콰앙! 콰앙! 콰아아앙―!

매주 한 번씩 인근 골목 전체는 물론이고 대로변까지 주차장으로 만들던 종교시설 하나가 무너지면서 희뿌연 먼지가 치솟아 오른다.

재정 탄탄하고 잘나간다는 것을 보여주려는 듯 값비싼 대리석과 유리 등으로 치장했던 이 건축물이 쓰레기로 바뀌는 데 걸린 시간은 고작 2분 남짓이다.

건물이 인근 주택 등에 피해를 입히는 일 따위는 없다. 사전에 적어도 100번의 시뮬레이션이 선행된 결과인 때문이다.

한밤중에 일어난 일인지라 놀라서 튀어나온 사람들이 주변을 에워싼 채 웅성거린다. 개중엔 혹시라도 있을지 모를 매몰자를 찾으려는 듯 소리를 지른다.

"혹시 사람 있어요?"

"안에 갇힌 사람 있어요?"

생존자가 있다 하더라도 대답하진 못했을 것이다.

일반적인 붕괴라면 콘크리트 더미나 집기 사이의 공간이 있을 수 있겠지만 이곳엔 그만한 공간이 없다.

가장 큰 조각이라고 해봤자 벽돌 한 장 크기이며 제자리에 폭삭 주저앉힌 때문이다.

잠시 후 119대원들이 당도했고, 붕괴 현장으로 접근하지 못하도록 막는 띠부터 두른다.

대한민국엔 며칠 전부터 아주 특이한 현상이 발생되기 시작했다. 전국 각지의 특정종교 시설물들이 동시다발적으로 붕괴되는 것이 그것이다.

마치 물결처럼 한 곳에서 시작된 붕괴는 다른 곳으로 번져갔는데, 건축물 안전진단에서 가장 좋은 A등급이었던 종교 시설도 예외는 아니었다.

주로 한밤중에 이런 현상이 빚어져 사람이 없는 경우가 대부분이었지만 그렇지 않은 곳도 많다.

새벽은 물론이고 한낮에도 붕괴 사고는 이어지고 있다.

모두 거의 완벽하게 무너졌기에 추가 붕괴 위험은 없다. 하여 즉시 구조작업을 벌이지만 생존자는 없다.

동시에 존재하지도 않는 신을 팔아 장사하던 협잡꾼과 그의 밑에 빌붙어 사사로운 이득을 취하던 일당 모두 비명과 신음을 지르기 시작한다.

이들은 숨이 멎을 때까지 극심한 고통을 겪는다.

데스봇, 캔서봇, 그리고 BD봇이 부족하여 취한 조치이다.

오랜 세월을 같이했기에 도로시는 현수의 성향과 호불호, 그리고 내심을 정확히 파악하고 있다.

하여 한국 사회를 좀먹던 것들의 목숨을 취하는 것으로 끝내지 않는다. 그간 벌인 짓들이 있으니 당연히 그에 합당한 처벌도 있어야 한다.

그런데 나노봇들이 없다. 하여 궁여지책으로 중추신경계에 변이를 일으키도록 초음파를 쏘게 한 것이다.

이것의 타깃이 되면 외양은 멀쩡하지만 통증을 느끼게 하는 뇌세포의 일부가 변형된다.

이렇게 되면 온몸에 불이 붙은 듯한 작열통을 겪는다. 이는 인간이 느낄 수 있는 최고의 고통이다.

현대의 과학기술로는 아무리 검사해도 왜 그런지 알아낼 수 없다. 마약으로도 그 고통은 경감되지 않는다. 하여 협잡꾼과 그 일당들은 죽을 때까지 극심한 고통을 겪는다.

비명과 신음 이외엔 말조차 제대로 하지 못할 것이다. 그래서 이들이 직접적인 사망 원인은 먹지 못해서이다.

밥만 먹지 못하는 게 아니라 물도 마시지 못하니 굶어 죽을 때까지 걸리는 시간은 남성 4~7일, 여성 14일 정도이다.

각종 수액과 약물을 투여받을 수 있는 병상을 차지하는 건 결코 운 좋은 일이 아니다.

의사들의 조치는 지불해야 할 병원비를 늘리는 것이며, 고통을 겪는 시간까지 같이 늘어나게 하는 것이기 때문이다.

어쨌거나 낮에도 종교시설 붕괴는 계속해서 이어진다.

멀쩡하던 것이 갑자기 무너져 내리는 일이 계속되는데 주로 특정 종파의 것만 그러하다.

이에 행정 당국은 즉시 모든 종교 시설로부터 퇴거할 것을 명령하지만 늘 그렇듯 말을 듣지 않는 연놈들이 있다.

그들의 시체는 잔해에 깔린 육포가 되어 발견된다.

이쯤 되니 분노한 신의 처벌이라는 표현이 나돌기 시작한다. 그럼에도 지극히 이기적이고, 배타적이며, 후안무치한 것들은 기도 모임을 강행한다.

눈치 빠른 협잡꾼 중 일부는 급히 몸을 피한다. 하지만 위성의 눈길에서 벗어나기엔 역부족이다.

'그 종교가 대한민국에 발붙일 수 없도록 생기는 대로 계속해서 제거해. 알았지?'

'네, 알겠어요.'

도로시의 맥 빠진 대답이었다.

번쩍, 번쩍―!

꽈릉! 콰콰콰쾅! 꽈르르릉! 콰콰―!

번개가 명멸하고 천둥이 유리창을 흔든다. 빗줄기는 더욱 굵어져 마치 여름철 장맛비처럼 세차게 쏟아진다.

삐꺽―!

낮은 경첩음 소리에 뒤를 돌아보니 지윤이 베개를 안고 들어와 있다.

"전무님, 아니, 자기……! 무서워요."

무슨 뜻이겠는가! 천둥 번개가 과하긴 했다.

"……! 그래."

현수가 고개를 끄덕이자 쪼르르 달려와 이불 속으로 파고든다. 잠시 들썩거리더니 고개만 빼꼼 내민다.

"안 잘 거예요?"

"자야지."

현수가 침대에 오르자 지윤이 몸을 웅크린다. 잔뜩 긴장했는지 경직되어 있었다.

번쩍―!

꽈꽈꽈쾅―!

이번 벼락은 이 호텔 옥상에 떨어진 듯 빛이 번쩍임과 거의 동시에 천둥소리가 울린다. 그래서 그런지 소리가 엄청 컸고, 침대까지 흔들리는 듯 했다.

"어맛―!"

대경실색한 지윤이 와락 현수의 품으로 파고든다.

"……!"

"죄, 죄송해요."

"아니, 괜찮아."

서둘러 품에서 빠져나가려는 지윤의 교구를 당겨 안자 움직임이 멈춘다.

"……!"

"난 괜찮으니까 불편하지 않으면 그냥 이러고 있어!"

"…네에."

지윤의 음성은 아주 작았다. 그래놓고는 부끄러운지 살며시 고개를 숙인다.

현수는 살짝 당겨 안으며 살살 토닥였다.

그러고 보니 아주 오래전 기억이 떠오른다. 카이로시아와 처음으로 같은 잠자리에 누웠을 때도 이랬다.

하여 흐뭇한 마음으로 토닥이고 있는데 갑자기 환해진다.

번쩍—! 콰콰쾅~!

"어머낫—!"

또 천둥 번개가 치자 화들짝 놀라 더욱 파고든다.

"괜찮아. 괜찮아! 옥상에 피뢰침 있는 거 아까 봤어."

실제로 보았기에 한 말이다.

피뢰침이 제대로 접지되지 않았다 하더라도 벼락의 전기는 젖은 외벽을 타고 곧장 땅속으로 흘러들 것이다.

번개의 전압은 1억~10억 볼트 정도이다.

이게 자동차에 떨어지면 도체인 차량 표면을 타고 흘러가서 타이어를 통해 지면으로 빠져나간다.

이때 차량 내부의 전기장 값이 0으로 변하게 된다. 전기적 영향을 받지 않는 '정전기 차폐 현상'이 발생된 결과이다.

하여 번개가 칠 때 차 안에 있으면 안전하다.

다만 차량 내부의 금속 제품은 절대로 만지면 안 된다. 아울러 무슨 일이 있다 하더라도 금방 내리면 안 된다.

*   *   *

"진짜 있어요?"

저도 모르게 현수의 목을 당겨 안았던 지윤은 화들짝 놀라며 떨어져 나간다.

현수가 본인 가슴에 얼굴을 묻고 있었던 것이다.

"응! 있어, 그러니까 괜찮아."

"네에."

고개를 끄덕이던 지윤과 시선이 마주쳤다.

끄지 않은 무드 등의 불빛이 반사되어 별빛 같았다. 이 순간 신체의 일부분이 반란을 획책했지만 현수가 누구인가!

"흐음, 이제 그만 자!"

"네에."

살짝 벌린 입술 사이로 촉촉한 혀가 보인다. 현수는 얼른 눈을 감고는 심장 박동에 맞춰 토닥였다. 덥지도 않는데 손바닥에서 땀이 나는 듯했지만 어쩌겠는가!

그렇게 시간이 흘렀고, 지윤의 숨은 고르게 변했다.

지윤 아까 장 보러 나갈 때 들어오던 이리냐와 마주쳤다. 속옷이 더 필요해서 백화점에 갔다가 오는 길이다.

"아, 안녕하세요?"

"네? 저를 아세요?"

이리냐의 눈이 커진다. 누군가 싶었던 것이다.

"미스 체홉이죠?"

"네, 근데 누구세요?"

"아! 저는 하인스 킴 대표님의 비서 김지윤이에요."

"반가워요, 근데 비서라고요?"

"네, 수행 비서요. 어디 갔다 오나 봐요."

"아! 네에. 백화점에 다녀왔어. 그러는 비서님은요?"

"나는 저녁 준비하러 나가는 길이에요."

"그래요? 근데 호텔인데 저녁을 준비한다고요?"

"네! 대표님이 한국 음식 드신 지 오래되셔서 간단히 준비해 보려구요."

"아! 네에. 그럼 잘 다녀오세요."

"만나서 반가웠어요. 그럼 이만……!"

이리냐의 뒷모습은 늘씬했고, 몸매는 끝장났다. 들어갈 곳은 들어갔고, 나올 곳은 확실하게 튀어나왔던 것이다.

얼굴은 할리우드 여배우 못지않게 매력적이다.

이 세상 어떤 슈퍼모델 선발 대회에 나가든 단박에 대상을 거머쥘 만큼 늘씬하면서도 뇌쇄적으로 아름다웠다.

지윤은 문득 불안함을 느꼈다. 어쩌면 이리나가 강력한 연적이 될 수도 있다는 느낌을 받은 것이다.

하여 오늘 밤 기필코 역사를 만들려고 막걸리를 사왔다.

그걸 마시고 트림을 하면 어떤 냄새가 나는지 몰라서 산 것이다.

계획대로 같이 술을 마시는 것까지는 성공했지만 그다음은 뜻대로 이어지지 않았다. 마시긴 했는데 분위기가 야릇해지지 않았던 탓이다.

현수는 아무리 많이 마셔도 취하지 않는 주량의 소유자이다. 마시는 족족 간에서 분해해 버리는 때문이다.

아주 오래전에 얼마나 많이 마시면 취할까 싶어서 실험해본 바 있다. 안주는 짭짤한 오징어채 한 가지였다.

소주나 맥주는 알코올 함량이 적었기에 그보다 훨씬 독한 엘프주를 선택해서 마셨다.

약 5리터 정도를 마셨는데 이는 360ml짜리 소주병으로 약 14병 분량이다.

그런데 엘프주는 50도짜리이고 소주는 17도에 불과하다. 따라서 소주로 치면 42병 정도를 마신 것이다.

그럼에도 끝까지 의식 명료했으며, 혀도 꼬부라지지 않았다. 전혀 취하지 않았던 것이다.

결국 주량 측정은 이루어지지 않았다. 배가 너무 불러서 더 이상 마실 수가 없었기 때문이다.

그때 이후 술을 즐기지 않게 되었다. 취하려고 마시는 건데 아무리 마셔도 그러지 않은 때문이다.

어쨌거나 지윤의 앙큼한 음모는 성공하지 못했다.

술자리가 파하자 할 수 없이 본인의 방으로 가 침대에 누웠는데 아무리 생각해봐도 이대로 끝낼 수는 없었다.

마침 세찬 비가 쏟아지면서 천둥과 번개가 휘몰아쳤다. 때는 이때다 싶어 베개를 안고 현수의 방으로 왔던 것이다.

하여 동침까지는 성공했지만 더 이상의 진도는 나아가지 못했다. 빌어먹을 수마(睡魔)가 엄습한 결과이다.

＊   ＊   ＊

"어서 오십시오."

현수를 맞이하는 대통령 페트로 포로셴코의 만면에는 미소가 어려 있다. 우크라이나가 처한 어려움을 해소시켜 줄 수 있는 유일한 인물이라는 평가를 내린 결과이다.

"네, 별일 없으셨죠?"

"그렇습니다. 일단 자리에 앉으실까요?"

"그러죠."

대통령과 현수가 착석하자 김지윤과 밀라 유리첸코는 둘의 곁에 앉으며 다이어리를 펼쳐 든다.

대통령 비서실 여직원이 다과를 놓고 물러나기 전까지는 가벼운 한담을 나눴다.

그중 하나는 밀라 유리첸코에게 수행비서 임무를 부여했으니 국내에 머무는 동안 동반해달라는 요청이었다.

거절할 이유가 없었기에 고개를 끄덕여주었다.

다음은 국빈으로 신분이 격상되었으니 호텔이 아닌 영빈관에 머물러 달라는 이야기였다.

"아! 마린스키궁이라면 저야 고맙지요."

18세기에 세워진 이 궁전은 입법부인 최고 라다(Верховна Рада) 의사당 옆에 위치해 있으며 대통령 관저로도 사용된다.

마린스키 궁을 쓰라는 이유는 우크라이나에 머무는 동안엔 대통령 바로 곁에 있어 달라는 뜻이다.

일반 호텔보다 경호하기에 편하며 언제든 대화를 나눌 수 있다는 장점이 있다.

아무튼 바로크 양식으로 지어진 이 궁전은 상아색과 민트 블루, 그리고 흰색으로 조화를 이루는 멋진 건물이다.

"흡족해하시니 다행입니다."

"네. 저도 좋은 소식 하나를 드리겠습니다."

말을 마친 현수는 푸틴의 친서를 건넸다.

이것의 겉봉엔 러시아 국가 문장이 인쇄되어 있다.

빨강 바탕에 금색 왕관을 쓴 두 개의 머리를 가진 독수리가 있는데, 왼쪽 발톱으로는 금색 홀을, 오른쪽 발톱으로는 금색 구(球)를 잡고 있다.

중앙엔 빨간색 작은 방패가 있는데 안에는 성 게오로기우스(Saint George)가 말을 탄 채로 드래곤을 창으로 찔러 죽이는 형상이 그려져 있다.

두 마리 독수리는 금박이 입혀져 있어 황금빛을 반사시키고 있었다.

대통령은 신중한 표정으로 밀랍 봉인을 살핀다.

"잠시만요."

대통령이 밀라에게 시선을 준다.

"응? 왜?"

"녹화를 하려고요."

"아! 그래."

밀라 유리첸코는 휴대폰을 꺼내 대통령이 봉인을 떼어내고 내용물을 꺼내는 장면을 녹화했다.

대통령은 보라는 듯 친서를 뒤집어 보인다.

흰색 아트지의 바탕엔 러시아 문장이 워터마크로 그려져 있고, 아래엔 블라디미르 푸틴의 서명이 선명했다.

그 내용은 다음과 같다.

친애하는 페트로 포로셴코 대통령께.

우크라이나의 무궁한 발전과 평화를 기원하며 러시아가 다음과 같은 것을 제안하니 가납하기를 희망합니다.

〈 중략 〉

하오니 최대한 빨리 만나서 상호불가침 등의 조약이 맺어지기를 바라며 이만 줄입니다.

2016년 11월 5일

러시아 대통령 블라디미르 푸틴

종전(終戰)과 100년간 상호불가침, 그리고 반군의 러시아 이주 등의 내용을 읽는 대통령의 얼굴은 붉게 상기된다.

현수가 말했던 모든 것이 고스란히 담겨 있으니 어찌 안 그렇겠는가!

영국과 프랑스 등 서방국가들이 나서도 이루어지지 않던 일이었는지라 전혀 기대하지 않았던 일이다.

그런데 너무도 쉽게 해결된 듯한 기분이다.

어제 오후 러시아 대사로부터 푸틴의 친서가 당도할 것이라는 언질을 받지 않았다면 조작된 문서라는 의심을 했을 것이다. 푸틴의 성향을 너무도 잘 알기 때문이다.

러시아 대사는 친서를 소지한 인물이 하인스 킴이라고 콕 짚어서 말했다. 그러니 이 문서는 전혀 조작되지 않은 것이다.

하기에 대통령은 잔뜩 상기된 표정으로 현수를 바라본다.

"우리 우크라이나를 위해 너무도 큰일을 해주셨습니다. 국민을 대신하여 진심으로 감사 인사를 드립니다."

약간 흥분한 듯한 표정으로 자리에서 벌떡 일어난다. 그러곤 정중히 허리를 숙여 감사의 뜻을 표한다.

"에구, 이러시면……."

어찌 앉아서 절을 받겠는가! 하여 얼른 자리에서 일어나 같이 허리를 숙였다. 몸에 밴 예절이다.

현수는 제국 전체를 통치하는 황제임에도 허례허식을 멀리했고, 예의범절을 준수했다.

아울러 늘 아랫사람들의 어려움을 헤아리곤 했는데 그 품성이 그대로 드러나는 것이다.

"참, 내일 아침에 있을 조차 협정식 전에 이 내용을 발표해도 되겠는지요?"

"네, 하셔도 됩니다. 내일 오전 9시에 발표한다고 하면 될까요? 저쪽에서도 동시에 발표를 해야 하니까요."

"네, 그렇게 해주십시오."

푸틴에게 연락하면 같은 시각에 대국민 담화문 형식으로 우크라이나와의 종전 및 상호불가침 등에 관한 내용을 발표하게 될 것이다.

이일로 푸틴이 노벨 평화상을 받게 될지도 모른다.

원래의 역사대로라면 2017년 노벨평화상 수상자는 비정부기구(NGO)인 핵무기폐기국제운동(ICAN)이다.

대단히 중요한 일을 하고 있기는 하지만 실제적인 전쟁 종식을 시킨 것은 아니다.

이에 반하여 푸틴은 우크라이나 내전과 더불어 우?러 전쟁을 끝내게 되는 셈이다.

서방에서는 푸틴에게 노벨 평화상이 돌아가는 것을 반대하고 싶겠지만 공을 인정하지 않을 수는 없을 것이다.

"조차 대상지에 거주하는 우리 국민들의 소개(疏開)는 어떻게 할까요?"

"친 러시아 성향인 돈바스 지역이 비워질 테니 그쪽으로 이주시키셔도 되고, 현 거주지에 그냥 머물겠다고 하면 남아 있어도 됩니다."

"그럼, 국민들의 뜻대로 하겠습니다."

"네! 그러셔도 됩니다."

현수는 기꺼이 고개를 끄덕여주었다. 어차피 일할 사람이 필요하기도 하기 때문이다.

"자, 그럼 세부사항에 대한 의견을 나눠보도록 하죠."

조차 협정서에 서명한다 하여 당장 땅이 비워지지 않는다.

그곳에 거주하는 사람들의 재산권과 관련되어 있으며, 지하자원 등에 관한 권리문제도 있는 때문이다.

"그러시죠."

대통령이 고개를 끄덕이자 현수는 준비해 온 서류를 건넸다. 둘은 화기애애한 분위기 속에서 세부 내용을 하나하나 짚

었었다.

"그럼, 내일 아침에 뵙죠."

"네. 앞으로도 잘 부탁드립니다."

현수와 대통령은 굳은 악수를 하고 헤어졌다.

숙소로 제공된 마린스키 궁으로 향하는 현수의 뒤엔 밀라와 지윤, 그리고 신일호가 따르고 있었다.

최종적으로 결정된 우크라이나 조차지의 총면적은 약 6만 km²이다. 러시아에서 제공하기로 한 11만 6,500km²와 벨라루스 쪽 3만 850km²를 합치면 20만 7,350km²이다.

한반도 전체보다 약간 작은 사이즈이다.

대부분이 평지이고 곳곳에 숲이 있으니 농축산에 적합하다.

'여기 기후와 적합한 종자들 확보되어 있지?'

'네! 걱정 마세요. 마스터플랜 짜는 중이에요.'

'세 나라 모두에게 득이 되도록 해.'

'그럼요! 러시아와 우크라이나, 그리고 벨라루스의 산업을 고려해서 계획을 잡을 게요.'

'그나저나 미국 대통령은 트럼프가 된 거지?'

'네! 원 역사대로 당선되었네요.'

'민주당 난리 났겠군.'

'그렇죠! 다 이긴 게임이 막판에 뒤집힌 거니까요.'

'힐러리가 득표수에선 앞섰지?'

'네! 더 많이 득표했지만 선거인단 수에서 밀렸어요.'

미국의 독특한 투표 방식 때문이라는 뜻이다.

'앞으로 미국 우선주의 때문에 한바탕 진통을 겪겠군.'

'네. 좌충우돌하면서 많은 잡음이 생겨날 거예요.'

'한국과 여기, 그리고 아프리카 자치령은 외세에 휘둘리지 않도록 계획을 잘 잡아야 할 거야.'

'제가 누굽니까. 모든 게 자급자족되도록 할게요.'

'그래! 알아서 잘하겠지.'

숙소에 당도한 현수는 본인이 쓸 방을 확인하곤 거실로 나왔다. 지윤와 밀라는 본인이 쓸 방에 있고, 신일호는 주변 경계를 하느라 밖에 있다.

Chapter 08

—

의회에서 연설하다

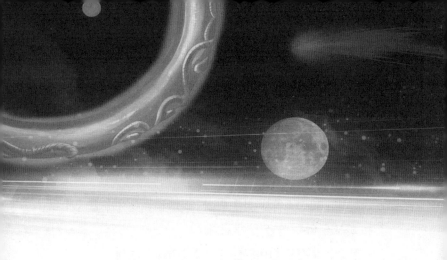

"이제 오늘의 주인공인 하인스 킴 대표를 모시겠습니다."

"와아아~!"

짝짝짝, 짝짝짝짝짝, 짝짝짝짝짝짝짝짝짝짝짝짝!

현수는 열렬한 기립 박수를 받으며 의회의 중앙 통로를 가로질러 연단에 다가섰다. 그러곤 의회를 가득 채운 의원들을 둘러보고 꾸벅 고개를 숙인다.

"반갑습니다. 하인스 킴입니다."

"와아아아아아아~!"

짝짝짝짝짝짝짝짝짝짝짝짝짝짝짝—!

다시 한번 함성에 이은 요란한 박수 소리가 이어진다.

2014년에 시작된 내전을 종식시켜 준 국가의 은인이다.

그리고 국가 발전에 지대한 공을 세울 것으로 기대되는 세계 최고의 부자이기도 하다.

아울러 골치 아팠던 체르노빌 일대의 방사능 오염도 확실하게 정화해줄 것으로 기대되기도 한다.

이러니 박수소리가 멈추지 않는 것이다. 하지만 끝나지 않는 잔치가 없듯 차츰 잦아 든다.

현수는 연단의 마이크를 당겨 본인에게 맞춘다.

"먼저 이 자리에 서게 되어 참으로 영광스럽습니다. 의원 여러분들 덕에 조차에 관한 의회인준이 통과되었음에 깊은 감사의 말씀을 드립니다. 저는……."

현수의 연설이 시작되었다.

이미 조차지에 관한 의회 인준이 끝난 상태이다. 그런데 야당 일각과 일부 언론이 시비를 걸고 있다.

대통령이 현수로부터 뇌물을 받고 조차를 추진하는 것이 아닌가 하는 의혹의 눈초리로 바라보는 것이다.

그랬다면 글자 그대로 나라를 팔아먹은 매국노가 된다. 그게 확인되면 즉각 정권이 교체될 확률이 높다.

하여 의사당 정문 앞에서 시위를 벌이도록 했다. 그들이 들고 있는 피켓에는 다음과 같은 글귀가 쓰여 있었다.

— 대통령은 하인스 킴으로부터 얼마를 받아 챙겼는지 그

내역을 밝히고 모두 토해라.

— 돈 받고 영토를 팔아먹은 대통령은 즉시 하야 하라!

— 돈으로 남의 나라 땅을 차지하려는 속 시커먼 하인스 킴은 즉각 우리 땅에서 물러나라.

— 우크라이나는 결코 불의와 타협하지 않는다.

이밖에 여러 글귀들이 보였는데, 내용은 대동소이했다.

현수는 의사당에 들어서면서 이것들을 보았다. 그렇기에 도로시로 하여금 긴급히 PPT 자료를 준비토록 하였다.

걸린 시간은 불과 30초 남짓이었다.

"…인공육 제조공장선 우크라이나에서 필요로 하는 모든 종류의 육류를 생산해 내게 될 것입니다. 쇠고기뿐만 아니라 돼지고기와 양고기, 그리고 닭고기 등이 망라됩니다."

잠시 말을 끊은 현수는 장내 의원들을 휘둘러보고는 말을 이었다. 제국의 황제로서 이런 연설을 수도 없이 한 바 있기에 조금도 긴장하지 않았다.

의원들은 현수에게서 시선을 떼지 못하고 있다. 은연중 뿜어지고 있는 강력한 카리스마에 압도당했기 때문이다.

"쇠고기의 경우 영국과 프랑스에선 35개 부위로 구분하지만 조차지 인공육 공장선 120개 부위로 세분하여 생산할 것입니다. 그럼 다양한 요리가 가능하겠지요. 아울러……."

현수의 연설은 이어지고 있었다.

"조차지는 이쑤시개부터 시작하여 자동차나 컴퓨터에 이르는 모든 물품을 자급하는 것이 목표입니다. 이를 위해……."

한국은 물론이고, 콩고민주공화국과 슬라브 3국에 자리 잡게 되는 Y─조차지는 모든 물품을 자급자족한다.

한국의 여러 기업들은 국내 인건비가 상승하자 보다 저렴한 지나로 공장을 옮긴 바 있다.

그러다 지나의 인건비 또한 상승하자 보다 저렴한 베트남 등으로의 이전을 타진하고 있거나 이미 생산라인을 옮겼거나 옮기는 중이다.

덕분에 국내 일자리가 줄어 실업률이 상승했지만 깨어 있지 않은 일반 국민들은 이를 크게 탓하지 않는다.

첫째는 과격하고 무리한 노동운동 때문이다.

어떤 노조에선 그룹 순이익의 30%를 성과급으로 요구했다.

해외 계열사의 이익, 그리고 여타 계열사의 이익까지 자신들에게 내놓으라는 것은 무리를 넘은 무례한 요구였다.

노조간부의 활동에 대한 민ㆍ형사상의 책임면제를 요구한 것도 마찬가지이다.

노조 간부가 뭐 얼마나 대단하다고 현행법에 저촉되는 위반행위를 저질러도 아무런 책임도 묻지 말고 순순히 받아들이라는 것은 실로 말도 안 되는 일이다.

고교 졸업 후 대학에 진학하지 않는 자녀의 취업자본금을 요구하는 것도 도를 넘는 행위였다.

정년 퇴직자의 자녀를 우선으로 채용하라는 것과 생산직 자녀에게 과도한 입사 가산점을 주어 대대손손 취업길을 열어 놓으라는 것은 너무도 과한 욕심이었다.

이쯤 되면 '노동조합'이라 써놓고 '노동은 하지만 칼만 안 든 강도'라 하여도 할 말 없을 것이다.

기업들은 점점 더 무례하고, 과격해지며, 뻔뻔스럽기 이를 데 없는 노조에 치를 떨었다.

하여 저렴한 인건비를 핑계로 해외로 공장을 이전하였거나 옮기는 중이다. 추진 중인 회사들도 상당히 많다.

둘째는 비싼 부동산과 과도한 금융비용 때문이다.

강남의 아파트 한 채를 팔면 유럽의 고성(古城)을 살 수 있다는 농담이 있는데 이는 사실이다.

2016년 11월 현재 프랑스 베르사유에서 차로 3시간 거리에 있는 고성이 매물로 나와 있다.

지하 1층, 지상 3층으로 이루어져 있는데 총면적은 500평이 약간 넘는다. 이것과 8,260㎡짜리 농토와 정원을 포함하여 약 8억 원에 내놓았다.

강남구 대치동에 위치한 은마아파트는 지어진 지 37년이나 된 낡은 복도식 아파트이다.

이것 한 채의 가격이 약 12억 3,000만 원이다.

따라서 은마아파트 한 채를 처분하면 '유럽의 고성 + 람보르기니'가 충분하다.

유럽엔 매물로 내온 고성들이 상당히 많은데 5억~10억 정도면 앞에 언급된 정도의 저택을 소유할 수 있다.

어쨌거나 서울의 부동산 가격은 너무 비싸다.

폭락하기 전의 서울 땅을 팔면 인도 대륙 전체를 살 수 있을 정도였다.

참고로 서울 면적은 604㎢이고, 인도는 328만 7,000㎢이다. 인도가 서울보다 5,442배 이상 넓다.

서울만 이런 게 아니라 지방의 잡종지 가격도 만만치 않으니 상대적으로 저렴한 외국으로 눈길을 돌렸던 것이다.

게다가 불법자금을 요구하는 부패한 공무원 또는 정치인 등이 얼마나 많았는가!

정말 별것 아닌 사유로, 또는 개인적 이득을 위해 각종 민원을 제기하는 인간들도 상당히 많았을 것이다.

기업 입장에선 이꼴 저꼴 보기 싫으니 그를 핑계로 외국으로 공장 이전을 적극적으로 추진했거나 하고 있다.

사실 한국은 지나나 베트남 등에 비해 교통과 물류 및 제반 인프라 등이 월등히 뛰어나다.

따라서 몇몇 조건만 충족되면 굳이 외국에 공장을 짓고 이를 관리 · 감독하는 비용을 지불할 이유가 없다.

한국이 외국으로부터 수입하는 주요 품목은 다음과 같다.

원유, 석탄, 철광석, 원목, 고무 등 원자재, 농산물, 각종 생필품, 전자제품, 커피, 바나나, 양모, 축산물, 담배, 철금속, 화학공업 원료, 기계류, 각종 공업재료 및 소비재 등이다.

이중 국내에서 생산되지 않는 원유, 원목, 고무 등 원자재를 제외한 나머지 전 품목을 직접 생산하려면 현재보다 훨씬 많은 공장이 필요하다.

2016년 11월 현재, 대한민국엔 약 18만 개의 공장이 있는데 추가로 약 65만 개의 공장이 추가되어야 한다.

도로시의 계산에 따르면 총 82만 9,878개의 공장이 있어야 한다. 자급자족하려면 현재의 약 4.6배가 있어야 하는 것이다.

통계청이 2016년 9월에 발표한 고용 동향을 보면 실업자 수가 약 98만 6,000명이다. 이중 청년 실업자는 41만 6,000여 명으로 11년 만에 최고치를 기록했다.

사실 실업자는 이 숫자보다 훨씬 많다.

비경제활동인구 가운데 아프거나 나이가 많지 않은데도 취업할 생각이나 계획이 없는 사람을 실업자에 포함시키지 않았기 때문이다.

이런 결과가 나타난 이유는 '무능하고 부정부패한 자들이 정권을 잡고 있기 때문'이다.

어쨌거나 공장이 65만 개가량 늘어나면 실업률은 제로에 수렴하게 된다. 공장 하나당 10명씩만 고용해도 650만 명이 필요한 때문이다.

이쯤 되면 오히려 인력난이 벌어질 수 있다. 그럼에도 절대로 채용하지 않는 사람들이 있다.

외국인 노동자와 친일파의 후손 또는 그에 버금가는 자들이다. 에이프릴 증후군을 앓고 있거나 앓았던 자의 가족 또한 채용하지 않는다.

인원 부족은 모든 공장을 자동화함으로써 해소시킬 수 있다. 하여 거의 모든 공정이 자동화된다.

인간이 자재를 반입하여 기계에 투입하면 완성품 적재까지 모두 기계가 맡는다. 따라서 자재 반입과 완성품 불출, 인사, 영업, 그리고 경영만 인간이 맡는다.

소위 3D라 칭하는 '어렵고, 더럽고, 위험한' 작업에선 인간이 완전히 배제된다.

만에 하나 있을지 모를 사고의 위험까지 차단하는 것이다.

대신 일꾼로봇이 투입된다.

먹지 않고, 쉬지 않으며, 태업과 파업을 하지 않고, 급여와 보너스를 요구하지 않는다. 물론 노조 가입도 없다.

그럼에도 1년 365일, 24시간 내내 작업이 가능하다.

미래의 발달된 기술이 적용될 일꾼로봇은 단순 청소부터 시작하여 극도의 섬세함과 전문성이 요구되는 뇌수술까지 모두 감당할 능력을 갖추고 있다.

인간이 할 수 있는 모든 일은 물론이고, 인간이 해낼 수 없는 일까지도 훌륭히 완수할 능력을 가진다.

예를 들어, 금방이라도 분화할 듯 들썩이는 분화구 속에서 유황을 채취하거나 수심 500~6,000m 사이 심해저에 분포하는 광물자원인 망간단괴를 채집하는 일 등이다.

참고로, 대한민국이 보유한 장보고급 잠수함의 잠항심도는 최대 500m이다.

그리고 미 해군이 보유한 씨울프급 공격용 원자력잠수함은 최대 610m까지 잠수할 수 있다.

해저 6,000m면 600기압이다. 강철로 만든 잠수함조차 압궤될 압력이지만 일꾼로봇에겐 해당사항이 없다.

현수가 고안한 압력상쇄마법진이 가동되는 때문이다.

질량이 있어도 중력의 영향을 받지 않는 반중력마법도 만들어냈는데 압력상쇄마법이 어찌 안 되겠는가!

어쨌거나 일꾼로봇은 최고기온이 −80℃이고, 최저기온이 −164℃인 목성(Jupiter)에서도 아무런 오작동 없이 지시된 임무를 100% 수행할 수 있다.

그뿐만 아니라 평균 기온이 457℃나 되는 금성(Venus)에서도 녹아내리지 않고 작업에 임할 수 있다.

항온의류에 적용되는 항온마법진 덕분이다.

말 나온 김에 더 설명하자면 예전엔 항온의류를 입혀도 표면온도 6,000℃인 태양에서는 작업이 불가능했다.

당시의 항온마법진엔 한계가 있었기 때문이다.

이에 현수는 새로운 항온마법진을 고안해냈다. 그리고 이를 무결점항온마법이라 칭하도록 했다.

인류가 방사능 위험이 없는 핵융합에너지를 사용하고 싶다면 1억℃에 이르는 초고온 플라즈마를 만들어내고, 이것을 가두는 용기 역할을 맡아줄 장치가 필요하다.

2016년 현재 지구상에서 가장 진보되고 안전한 장비는 토카막(Tokamak) 장치이다.

초고온 플라즈마를 진공용기 속에 넣고. 자기장을 이용하여 플라즈마가 용기의 벽에 닿지 않게 가둔 채 반응이 일어나도록 하는 것이다.

현재의 기술로도 불과 몇 초 정도만 버틸 수 있을 뿐이다.

과거의 현수는 불의 정령으로 하여금 플라즈마를 관리하도록 하여 이 문제를 해결했다.

일선에서 물러나 사랑하는 아내들과 유유자적한 삶을 살던 현수는 어느 날 문득 이 문제에 관심을 가졌다.

그 결과 무결점항온마법진이 창안 되었다.

이전의 항온마법은 최하급 마나석으로도 충분히 가능하지만 무결점항온마법은 상급 이상인 마나석이 필요하다.

천연 마나석 또는 인공 마나석 모두 사용 가능하니 비용 들이지 않고 엄청난 에너지를 쓸 수 있게 되었다.

이후 과학자들이 달려들어 겨우 1L의 바닷물에서 휘발유 500L 이상에 해당하는 에너지를 뽑아내는 데 성공하였다.

이것은 자전(自轉)을 하지 않아 태양광발전이 용이하지 않은 행성이나 우주전함 등에서 사용된다.

아무튼 무결점항온마법 덕분에 태양보다 뜨거운 곳에서도

끄떡없이 작업하는 모습을 볼 수 있게 되었다.

일꾼로봇들은 자동화된 각종 제조공정의 유지 · 보수 · 관리를 하며, 방범 업무까지 맡는다.

이렇게 하면 산업스파이의 접근과 내부자에 의한 기술유출을 원천적으로 차단할 수 있다.

우연에 우연이 겹쳐 정말 운 좋게 제어 프로그램에 접근한다 하더라도 기술유출은 있을 수 없다.

*   *   *

향후 Y-그룹이 소유한 기업과 공장에서 사용되는 컴퓨터의 운영체제(OS)는 한글을 기반으로 만들어진 '삼족오'가 사용된다.

참고로, 삼족오(三足烏)는 고구려의 상징으로 고대 신화에 나오는 '태양 안에서 산다는 세 발 달린 상상의 까마귀'이다.

금오 또는 준오라고도 한다.

아무튼 윈도우나 리눅스, 그리고 매킨토시와 삼족오를 비교하는 것은 신성 모독이나 마찬가지이다.

수준 자체가 완전히 다른 때문이다.

전자는 2진법 기반이지만 삼족오는 10진법을 기반으로 안성된 운영체계이다.

참고로, 3진법 반도체를 사용하면 2진법에 비해 소비전력이 1,000분의 1로 줄어들고, 소자도 60%만으로 같은 기능을 발휘시킬 수 있으며, 처리 속도도 빨라진다.

하물며 10진법은 어떠하겠는가!

비교하는 게 부끄러울 정도로 빠르고, 조용하며, 월등히 많은 데이터를 처리할 수 있다.

아울러 전력 소모를 극도로 줄이므로 발열현상이 사라진다.

아무튼 삼족오에서 윈도우나 리눅스 등으로의 접속은 얼마든지 가능하지만 반대로는 불가능하다.

삼족오에는 하위 호환기능이 있어 가능하다.

하지만 윈도우 등은 그런 게 없다. 2진법 이상인 운영체제가 존재할 수 있음을 모르기에 접속이 불가능한 것이다.

워드 프로그램을 예로 들자면 '한글 NEO' 버전은 최초의 상용 버전인 '한글 1.0'으로 작성된 문서를 읽어낼 수 있다.

반면, '한글1.0'은 상위 버전인 한글 NEO로 작성된 문서를 읽어내지 못한다.

참고로, '한글 1.0'은 1989년에 발표되었고 '한글 NEO'는 2016년에 출시되었다.

결론적으로 윈도우나 리눅스 같은 운영체제(OS)는 너무나 후진적이라 상위 호환이 불가능한 것이다.

어렵게 삼족오가 세팅된 컴퓨터를 입수한다 하더라도 각각

의 자동화 제조공정 제어시스템 또는 회계시스템에 접근하려
면 1,288자리로 이루어진 Password를 입력해야 한다.

이것은 여러 종류의 문자와 숫자, 그리고 특수기호로 이루
어진다. 문자는 한글뿐만 아니라 알파벳, 키릴문자, 그리스 문
자 등이 혼용된다. 다만 일본어와 한자는 포함되지 않는다.

대문자와 소문자까지 구분하기 때문에 슈퍼컴퓨터가 동원
된다 하더라도 결코 알아낼 수 없을 것이다.

경우의 수가 너무 많고, 3분마다 바뀌기 때문이다.

정상 사용인 경우는 도로시가 알아서 입력해주므로 굳이
메모를 해둘 필요가 없지만 부정 사용자는 어림도 없다.

이러니 컴퓨터를 입수해도 사용 자체가 불가능하다.

삼족오가 깔린 컴퓨터는 모두 도로시에 의해 관장된다.

따라서 외부로부터 불순한 접속이 시도되면 그 즉시 어디
의, 누가, 어떤 짓을 하는지 실시간으로 파악된다.

정도와 의도에 따라 상대 컴퓨터의 모든 프로그램만 삭제
하거나 연결된 것들의 하드디스크까지 몽땅 날려 버린다.

이렇게 되는 것은 하드디스크 교체 이외엔 답이 없다. 계속
해서 무의미한 파일로 덮어쓰게 하기 때문이다.

호기심을 넘어선 악질적 해킹이었다면 부정 사용자와 그 일
당을 체포하기도 한다.

타국 정보기관 또는 기업인 경우는 훗날의 분쟁을 고려한
확실한 증거까지 채집한다. 아울러 괘씸죄를 적용하여 그 조

직의 모든 컴퓨터를 깡통으로 만든다.

참고로, Y—그룹과 현수가 지배권을 가진 기업 및 공장에서 사용하게 될 인터넷 브라우저는 '미리내'이다.

'크롬'이나 '익스플로러'를 2세대 브라우저라고 하면 미리내는 10세대라고 할 수 있다.

이것 역시 2진법 반도체와 10진법 반도체 정도의 차이가 있다. 하여 성능 자체가 확실히 다르다.

미리내의 특장점 중 하나를 꼽자면 사용자에 맞춘 브라우저 커스터마이징(Customizing)이다.

예를 들면 음성 인식 세팅 기능이 있다.

이를 이용하면 두 손이 없는 장애인도 능숙하게 인터넷 서핑을 할 수 있다. 발음 부정확 또는 사투리를 감안한 교정 애플리케이션도 있다.

난시를 가진 사람들에 맞춰 화면 일부를 찌그러트리는 것도 가능하다.

세팅은 겨우 2단계이다.

1단계는 브라우저에의 여러 도구 중 하나인 시각 이상자를 위한 애플리케이션(Application)을 활성화하는 것이다.

그 후 컴퓨터에 장착된 카메라에 약 10초 동안 눈을 대는 것으로 끝이다.

시각 정보가 입력되면 정상인 사람들에겐 찌그러져 보이지만 사용자에겐 멀쩡한 것으로 보이게 된다.

같은 방법으로 색약 또는 색맹인 사람들도 총천연색을 볼 수 있다. 뇌가 착각하도록 신호를 보내는 것이다.

청각 이상자를 위한 골전도(骨傳導) 스피커 또는 이어폰을 장착하여 소리를 듣게 할 수 있다.

아무튼 신설될 공장들은 상호 연관성에 따라 아래 위층 또는 인근에 조성된다.

시스템 안에서 발생하는 원재료 · 문서(정보) · 인간의 움직임 등에 관하여 그 문제 해결의 순서를 나타내는 도표인 플로 차트(Flow chart)처럼 계통에 따라 공장 위치가 결정되기 때문이다.

이는 효율과 경제성을 고려한 조치이다.

예를 들어 선반과 밀링, 드릴 등이 집중적으로 사용되는 기계공업 단지가 있다고 하자.

이 공장 곁에는 이런 공작기계들의 소모품인 각종 부품과 윤활유 제조공장 등이 자리 잡게 된다.

이렇게 해서 제조된 기계장치나 부품들은 바로 옆 공장으로 보내진다. 이곳에서 생산된 어셈블리나 키트 또는 모듈 등은 곧바로 완성품 제조공장으로 보내진다.

이 공장의 곁에는 커다란 물류창고가 조성되어 있다.

이를 운송할 완전 자율비행 화물차들은 창고 상공에 주차되어 있다.

따라서 공업단지의 규모는 상당히 커야 한다. 그럼에도 하늘에서 보면 그리 크지 않다.

단일 공장 수십, 수백 개가 늘어서 있는 게 아니라 수십 층짜리 아파트형 공장들이 들어서는 때문이다.

공장인지라 상당히 층고가 높겠지만 반중력마법진이나 미래의 발달된 운반 도구가 쓰일 것이니 중량과 높이는 큰 문제가 되지 않는다.

어쨌거나 이들 공장은 환경을 최소한으로 훼손한다.

발암물질과 미세먼지 같이 인체에 유해한 물질은 뿜어내지 않는다. 우수(雨水)는 물론이고 오수(汚水)가 배출될 경우에도 1급수 수준으로 정화된 후에야 방류된다.

아울러 제조과정에서 필연적으로 발생되는 각종 유해물질은 철저히 정화되거나 정제 후 재활용될 것이며, 발생된 미세먼지는 모두 회수된다.

공장에서 사용하는 에너지는 태양광발전 설비만으로도 충분하다. 공장의 벽과 창, 그리고 지붕 및 담장 모두가 초고효율 발전 패널로 지어지므로 자급자족이 된다.

이것의 발전 효율은 91.8%이다.

2016년 현재의 기술로는 8~15%가 고작이니 6~11배나 향상된 것이다.

어쨌거나 현재와 같은 색상으로 제작하면 98.9%까지 높일 수 있지만 건축물의 미관 등을 고려하여 다양한 색상 및 질감으로 생산하기 때문에 낮춰진 것이다.

발전은 이러한데 모든 기계와 조명 등은 최소한의 에너지로 최대의 효과를 발휘하도록 설계 및 제작된다.

  예를 들면, 현재 에너지 효율이 가장 높은 전구는 LED이다. 일반 전구 대비 75% 적은 에너지를 사용한다.

  한편 Y—그룹 공장에 사용되는 방폭등[6] 전구는 LED 전구 대비 96% 적은 전력으로 같은 광도를 낸다.

  현재의 4%만으로 같은 조도를 제공할 수 있으니 25배나 개선된 것이다. 일반 전구와 비교하면 100배에 해당된다.

  기계들도 상황은 비슷하다.

  각종 공구는 물론이고 큰 에너지를 필요로 하는 모든 것들이 확실하게 개선할 수 있다.

  종류에 따라 다르지만 평균 120 분의 1 정도의 에너지만으로도 현재와 같은 작업이 가능하다.

  이러니 웬만해선 에너지 부족 사태가 빚어지지 않는다. 하여 태양광발전만으로도 자급자족이 가능한 것이다.

  그래도 만일을 대비한 비상용 배터리가 준비된다.

  이것은 자동차용 12V짜리보다 작지만 웬만한 공장의 하루 사용량에 맞먹는 전력이 축전된다.

  미래의 첨단 기술 덕분이기도 하고, 공간확장마법과 축소마법, 그리고 집적진과 보존마법 덕분이다.

  ───────────────────

  6) 방폭등(防爆燈) : 폭발 위험성이 있는 곳에서 안전하게 쓸 수 있는 조명등. 정유공장, 화학공장, 가스충전소, 밀가루 제조공장, 시멘트 공장 등 화재 또는 폭발위험이 높은 곳에서 사용

배터리를 가로, 세로, 높이를 각각 10개씩 하면 1,000일간 생산 가능한 에너지가 확보된다. 약 2년 9개월이다.

이것 하나의 크기가 20×20×20cm이니 가로와 세로, 높이가 각각 2m 정도인 공간만 있으면 된다.

공장에서 필요로 하는 3년 치 에너지를 보관하는 데 겨우 1.2평이 필요한 것이다.

이 배터리의 수명은 대략 500년이며 수천 번 반복해서 사용해도 축전량이 저하되지 않는다.

현수가 직접 개량한 각종 마법 덕분이다.

어쨌거나 새로 조성될 공장은 스마트 팩토리[7]를 능가하는 인공지능형 공장(A.I. Factory)이다.

가장 기본적인 원료가 반입되면 소재 및 부품 제조부터 시작된다. 이렇게 해서 만들어진 것이 차례차례 다음 단계 공장으로 보내지는 식이다.

하여 완제품까지 자동으로 제품을 생산하고, 포장까지 마친 후, 창고에 적재된다.

이 과정에서 인간의 손은 필요치 않다. 이상이 발생되면 일꾼로봇이 투입되어 해결하는 때문이다.

부품의 내구연한이 다 되면 즉시 교체하고, 망가지거나 오작동하는 것들은 바로바로 수리된다.

---

7) 스마트 팩토리(Smart Factory) : 설계, 개발, 제조, 유통, 물류 등 생산 전체과정에 정보통신기술(ICT)을 적용하여 생산성, 품질, 고객만족도 등을 향상키는 지능형 공장

없는 부품은 만능제작기로 제작하므로 공장을 세워야 하는 불상사는 웬만해선 빚어지지 않는다.

예를 들어, 모 자동차 회사의 생산직 인원수는 약 3만 5,000명이다.

완전 자율주행 자동차를 생산하게 될 Y—모터스의 생산직 인원수는 고작해야 100여 명 수준이다.

생산직이라 칭하지만 이들은 단 1초도 조립라인에 서지 않는다. 원 · 부자재 적재 및 완성차 출고를 위한 서류업무만 맡기 때문이다.

따라서 노조가 파업을 해도 아무런 지장이 없다. 공장 점거 및 출입 통제를 시도해도 효과가 없을 것이다.

모든 일을 일꾼로봇이 대신하는데 어찌 위협이 되겠는가!

저절로 움직이는 포크레인이 있다면 이를 막아설 수 있겠는가! 막아서 봐야 피해 가면 그만이다. 그것도 어려우면 반중력마법으로 띄우면 된다.

출차 및 고객 인도도 마찬가지이다.

Y—모터스에서 생산되는 것은 완전자율 주행이니 알아서 고객이 원하는 장소까지 가는데 어찌 막아설 수 있겠는가!

어쨌거나 모든 원·부자재 및 부품까지 직접 생산한다.

주요 공정마다 만능 제작기가 동원되므로 원료가 쓰레기인 경우도 상당할 것이다.

예를 들어, 깨진 유리나 버려진 소주병은 자동차의 유리창이 되고, 버려진 페트병 등 각종 비닐과 플라스틱은 문짝 안쪽 커버, 대시보드, 핸들 등으로 변신한다.

건축 폐기물 속의 철근은 차축이나 보닛의 원료가 되고, 폐기된 전선은 새 피복을 만나 각종 전자장치를 연결하는 코드가 될 수도 있다.

처리에 애를 먹는 폐타이어는 완벽한 새 타이어로 확실하게 변신된다. 완전 분해 후 재합성 수준이기 때문이다.

기존에 버려진 폐기물의 양이 워낙 많으니 그것이 다 소진될 때까지 각종 쓰레기를 원료로 차를 만들도록 할 것이다.

이 모든 작업은 일꾼로봇이 한다. 더럽고, 어려우며, 힘든 작업일 수 있기 때문이다.

이러니 급여를 지불하는 피고용인 수가 턱 없이 적다.

이처럼 생산에 필요한 인건비가 거의 없으므로 제품가격이 저렴할 수밖에 없다.

시중에서 팔리는 2,000cc급 중형 승용차의 가격은 대략 2,500~3,500만 원이다. 여기에 옵션이 추가되면 더 많은 돈을 지불해야 한다.

그런데, Y-모터스에서 생산될 2,000cc급 승용차 가격은 500만 원 정도에 불과하다.

이마저도 대량생산 체계가 잡히면 더 낮아질 수 있다.

모두 풀 옵션이며, 각종 옵션의 성능은 현재보다 월등하다. 여기에 완전 자율주행과 지정위치 자동주차는 덤이다.

게다가 연료비는 기존의 12분의 1이다.

안전을 위한 각종 옵션 덕에 교통사고는 일어나지 않고, 잔고장 또한 발생되지 않는다.

그렇게 설계되었고, 그렇게 제작되었기 때문이다.

아울러 차의 외관은 21세기 이후에 히트했던 여러 디자인이 채택되어 만들어진다.

Y—모터스에선 스포츠카도 만들어낸다.

람보르기니 아벤타도르는 자연흡기 V12 엔진, 700마력, 제로백 2.9초, 최고 속도 350㎞/h이다.

한국 내에서 팔리는 아벤타도르는 두 가지 모델이 있다.

그냥 LP700—4는 5억 5,442만 9,000원이다.

취득세 7%를 포함한 가격은 5억 9,323만 9,030원이니 약 6억 원짜리 자동차이다.

로드스터 LP700—4는 6억 1,594만 4,000원이다. 이것에 취득세를 포함시키면 약 6억 6,000만 원이다.

Chapter 09
—
섬 몇 개 사들여

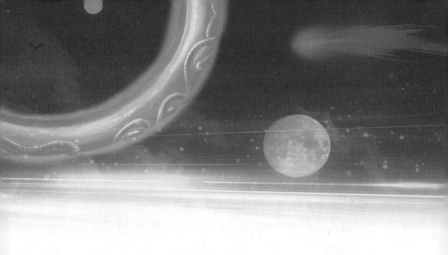

Y-모터스에서는 총 20개 모델을 출시한다.

모두 람보르기니, 부가티, 맥라렌, 포르쉐 같은 스포츠카보다 훨씬 뛰어난 성능과 주행 안정성, 그리고 외관을 가진다.

그럼에도 이 차의 가격은 겨우 900만 원대다. 풀 옵션이며, 취득세를 포함해도 1,000만 원을 넘지 않는다.

스포츠카답게 노면에 착 달라붙어서 주행하는데, 서스펜션 (Suspension)[8] 의 성능이 너무나 뛰어나 갑작스러운 요철 지대 통과 시에도 충격을 거의 받지 않는다.

---

8) 서스펜션 : 노면으로부터의 진동이 자동차에 전달되는 것을 막아주는 장치

또한 시속 300㎞ 이상으로 코너링을 해도 몸이 과도하게 쏠려서 운전대를 놓치는 불상사가 생기지 않도록 하는 순간 감응시트와 안전벨트가 장착되어 있다.

각종 옵션의 성능 또한 대단하고, 연비는 비교 자체가 어리석은 일이다.

전기자동차도 생산하게 될 것이다.

대한민국은 현재 각 지자체마다 상당히 큰 금액을 보조금으로 지급하고 있다.

환경개선과 더불어 에너지 수입 원가 때문이다.

		휘발유차	전기차	절감
에너지	소요량	973 ℓ	1,825kWh	-
수입	수입원가	57.5만	10.2만	47.3만
이산화탄소 발생량		2.4t	1.1t	1.3t
휘발유차 연비 15㎞/ℓ, 전기차 연비 8ℓ/kWh				
연간주행거리 1만 4,600㎞, 휘발유 배럴당 66.3$ 기준				

확실히 휘발유차가 더 많은 비용이 들고 환경을 악화시킨다. 그런데 전기차의 가격이 상당히 비싸다.

소비자들은 좋은 줄 알기는 하지만 너무 많은 돈이 들어가니 구입을 주저한다.

하여 구입보조금을 지급하고 있는 것이다.

Y-모터스의 전기차는 기존 업체에서 보조금을 감액 받은

금액보다도 저렴한 가격으로 출고가를 정할 것이다.

현재 2,000cc급 승용차와 비슷한 크기와 성능이라면 약 600만 원 정도가 될 것이다.

참고로, 닛산 리프 EV의 가격은 4,590~5,180만 원이다.

리프 EV는 1회 충전으로 132km를 가지만 Y—모터스의 배터리는 500km를 달린다.

이 차의 배터리 룸엔 4개까지 병렬로 연결할 수 있는 여유 공간이 있다. 따라서 이를 채우면 2,000km를 주행할 수 있다.

이럴 경우 연간 주행거리가 10,000km인 차는 2개월 보름간 충전에 신경 쓰지 않아도 된다.

주행 시 전기를 발전하는 알터네이터(Alternator)가 없을 때가 이러하다.

미래의 기술로 제작되는 고성능 발전기를 추가로 장착하면 계속 충전되니 무한에 가까운 주행거리를 가지게 된다.

그럼에도 알터네이터를 달지 않는다.

언제, 어디서든 간단하고, 간편하게 충전할 수 있는데 차체 무게를 증가시켜 연비를 떨어트릴 이유가 없는 것이다.

가정에서 저압 220V로 충전하면 0%에서 100%까지 완충하는데 30분이 걸리지만 충전소의 급속충전기로는 4분밖에 걸리지 않는다.

나중에 업그레이드 될 배터리는 하나로 2,000km를 달리게 될 것이다. 병렬 4개가 되면 8,000km를 주행한다.

주행거리가 짧은 차는 약 10개월에 한번 충전하면 되는 것이다. 충전시간은 현재의 3분의 1 수준이다.

개선되는 배터리는 완충하는데 걸리는 시간이 가정용 저압 10분, 급속충전기는 1분 20초이다.

10개월 마다 한 번씩 신경 쓰면 되니 기꺼이 불편함을 감수할 수 있을 것이다.

더 나중에 차체 지붕 및 보닛과 트렁크 등을 태양광발전 패널로 바꾸면 늘 완충된 상태가 유지된다.

이때의 주행거리는 당연히 무제한이다.

설계도가 있으니 개발비용이 전혀 들지 않고, 거의 모든 공정에 일꾼로봇이 투입되니 제조원가가 매우 저렴하다.

24시간 내내 쉬지 않고 생산할 수 있으며, 대량생산이 가능하다.

쓰레기나 산업 폐기물을 원료로 쓰면 전기차 한 대의 제조원가는 불과 몇 만원 수준으로 떨어질 수도 있을 것이다.

아무튼 모든 자치령이 이런 방법으로 이쑤시개부터 시작하여 우주선까지 모든 것을 자급자족하게 될 것이다.

원료, 소재, 부품, 그리고 완성품까지 100% 'Made in Y—자치령'이 목표인 것이다.

돈이 없는 것도 아니니 웬만해선 수출에 목 맬 일이 없다. 다시 말해 외국에 수출하려는 노력을 하지 않는다.

그럼에도 수출 요청이 빗발칠 것이다.

자치령에서 생산되는 모든 품목의 품질과 안정성 등이 너무도 탁월할 것이기 때문이다.

하지만 무기로 사용될 수 있는 것 전부와 완전자율 비행차처럼 시대를 많이 앞선 것들은 절대로 수출하지 않는다.

아울러 무기로 전용(轉用) 가능한 것들도 내보내지 않는다.

고성능 드론 '보라매[9]' 가 그중 하나이다.

자체 중량은 불과 50㎏이지만 최대적재중량이 1톤이다.

화물을 올려놓는 팔레트(pallet)에 경량화마법 또는 반중력마법진이 새겨지면 훨씬 육중한 것도 가능하다.

길이 10m, 너비 3.6m, 높이 2.4m에 달하는 K—2 흑표 전차도 가뿐하게 운반할 수 있게 되는 것이다.

참고로, 흑표의 무게는 약 58톤이다.

어쨌거나 보라매에는 초경량 배터리와 특수 제작된 태양광발전패널이 탑재되는데 완충되면 시속 300㎞의 속도로 2,100㎞까지 비행할 수 있다.

마법진이 활성화되면 화물의 부피와 무게는 상관없다.

이것은 목적지에 당도하면 수취인에게 문자 메시지가 발송하도록 프로그래밍 되어 있다.

이 메시지에는 화물이 놓여 있는 현장사진이 첨부된다.

비, 바람 또는 눈발이 심한 경우, 또는 눈사태나 홍수 등으

---

9) 보라매 : 부화된 지 1년이 안 된 새끼를 잡아 길들여서 사냥에 쓰는 매로 아직 털갈이를 하지 않은 까닭에 보랏빛을 띤다.

로 화물을 내려놓기 적당하지 않은 경우엔 인근에 다른 안전한 곳을 물색한다.

그렇게 3곳 정도가 확보되면 수취인에게 메시지를 보내 장소를 선택하도록 한다.

상황을 확실하게 인식할 수 있도록 동영상 첨부이다.

이마저 마땅치 않으면 아예 다른 곳으로 목적지를 변경할 수도 있다. 따라서 자치령엔 택배기사가 없다. 뛰어난 성능을 가진 화물운반용 드론이 그 일을 대체할 것이기 때문이다.

물류센터에서 화물 분류작업을 하는 알바도 사라진다. 훨씬 더 효율적인 일꾼로봇이 투입되는 때문이다.

어쨌거나 보라매는 얼마든지 군용으로 전용될 수 있다. 무인비행정찰기 역할 또는 폭탄 운반이 가능한 때문이다.

따라서 향후 100년은 수출금지 품목 중 하나이다.

이처럼 아직 세상에 없는 첨단기술이 들어간 각종제품들이 외부로 유출되는 것은 가급적 막을 것이다.

하여 자치령의 주민들에겐 이동의 자유가 제한된다.

자치령 내부와 다른 자치령으로는 얼마든지 여행할 수 있지만 외국으로의 출국은 막는다.

볼펜 한 자루에도 외국엔 없는 첨단기술이 들어 있을 수 있기 때문이다. 하여 외국의 섬 등을 매입하여 전용 휴양지로 사용하게 할 계획이다.

필리핀 코론엔 듀먼파릿 섬(Dumunpalit Island)이 있다.

팔라완섬 북쪽에 위치해 있는 이 섬은 다이빙 천국으로 불리며, 가끔 듀공(dugong)을 볼 수 있다.

현재 340만 달러에 매물로 나와 있다. 약 40억 원이다.

캐나다 노바스코샤주에 속해 있는 카울백(Kaulbach island)도 매물로 나와 눈길을 끌고 있다.

개인 소유인 이 섬의 매도 희망가는 700만 달러이다.

스웨덴 멜라렌 호수 안에 위치한 25만㎡(약 7만 6,000평) 남짓한 섬도 새로운 주인을 기다리고 있다.

스톡홀름으로부터 차나 보트로 한 시간 거리에 위치해 접근성이 상당히 괜찮은 곳이다.

이곳엔 거주를 위한 여러 채의 빌라와 사냥터, 골프 코스, 그리고 비행기 활주로와 선착장 등이 갖춰져 있다.

골프 황제라 불렸던 타이거 우즈와 그의 전처인 엘린 노르데그린이 살았던 곳으로 인접한 두 개의 작은 섬과 섬 인근의 약 200만㎡의 수역을 포함한다.

타이거 우즈는 2010년 매입 당시에 230만 달러를 지불한 바 있다. 정확히 얼마에 내놓았는지는 밝혀지지 않았지만 매물대장엔 등재되어 있다. 돈만 있으면 살 수 있는 것이다.

이밖에 아르헨티나, 그리스, 바하마, 호주, 피지, 필리핀, 인도네시아 등 여러 나라의 섬들이 매물로 나와 있다.

이 중 적당한 것들을 매입하여 개발하면 바다를 볼 수 없는 콩고민주공화국과 슬라브 3국 자치령 주민 및 한국 Y―그룹 소속 임직원들만의 휴양지로 사용할 수 있을 것이다.

호젓하고 고즈넉한 곳을 좋아하는 사람은 달랑 빌라 한두 채만 있는 작은 섬을 택할 것이다.

소란스럽고 북적거리는 걸 원하는 사람들은 리조트 시설이 완비된 조금 큰 섬으로 가면 된다.

여기엔 바(Bar) 뿐만 아니라 나이트클럽도 조성된다. 하지만 카지노는 없다. 도박은 어디서든 금지이기 때문이다.

종교시설도 당연히 없고, 흡연도 금지이다.

어쨌거나 섬의 크기는 큰 문제가 되지 않는다. 항공기나 선 박대신 포탈 마법진을 이용할 것이기 때문이다.

풍광 좋은 섬에 활주로와 항만 등을 조성하면서 자연을 훼 손하는 건 바람직하지 않다.

아울러 여러 시간동안 비행하거나 승선해 있는 건 몹시 피 곤한 일이고, 다른 나라 세관을 통과하여 목적지까지 이동하 는 일 또한 번거롭다.

그러지 않아도 되면 굳이 그럴 필요가 없다.

포탈 마법진을 이용하면 비용이 들지 않는다.

마법진 유지는 인공마나석 주변의 마나집적진이 해결해준 다. 이것은 굴삭기 같은 중장비가 동원되어도 웬만해선 파손 불가능이다. 총이나 폭탄도 마찬가지이다.

마법진이 외부충격에 의한 손상을 감안한눈에 보이지는 않 는 강력한 배리어에 의해 보호되기 때문이다.

이동에 걸리는 시간도 대폭 줄어든다.

예를 들어, 서울에서 지구 반대편 아르헨티나 파타고니아 지방까지 이동하는데 불과 몇 초면 된다.

도착 후 10분 정도 이동하면 페리토 모레노 빙하(Perito Moreno Glacier)[10]를 관람할 수 있는 전망대에 당도한다.

항공기로는 약 24,000㎞를 이동해야 하는데 이를 몇 초만에 이동하니 얼마나 편하겠는가!

여행 중 예기치 못했던 큰 부상을 당하는 등 긴급한 순간이 되면 거의 즉시 되돌아와 의료서비스를 받을 수 있다.

종합병원이 바로 곁에 있는 셈이다.

어쨌든 포탈을 이용하면 비행기나 선박을 이용하는 것이 아니니 연료 소비가 필요치 않다.

게다가 이동하는 동안 생기는 피로를 전혀 걱정할 필요가 없으며, 추락이나 침몰을 우려하지 않아도 된다.

뿐만 아니라 세균박멸이라는 부수적인 효과까지 있다.

박테리아뿐만 아니라 이보다 훨씬 작은 바이러스들도 포탈 마법진을 통과하는 동안 100% 제거된다.

무좀, 완선, 대상포진, 여드름 등 곰팡이나 바이러스로 인한 피부병이 완치되는 것이다.

이쯤 되면 일석이조(一石二鳥) 정도가 아니라 1석 6조 내지

---

10) 페리토 모레노 빙하 : 아르헨티나 남서부의 산타크루즈 주 로스글라시아레스 국립공원에 위치한 빙하

7조 정도 된다. 어쩌면 1석 10조 이상일 수도 있다.

그러니 쓰지 않을 이유가 없는 것이다.

아무튼 섬이 작더라도 있을 건 있어야 한다.

그중엔 누군가 나쁜 마음을 품고 접근하는 경우를 대비한 대공 및 대함, 대잠무기들이 포함된다.

작지만 강력한 성능을 지니기에 많이 배치되지는 않는다. 위성에서 발사되는 레일건도 있기 때문이다.

아울러 섬을 중심으로 반경 300km의 모든 통신 및 대화를 상시 감청한다. 누군가 악의를 품고 접근하려 하면 선제적인 사전 분쇄작업에 돌입하기 위함이다.

선박이나 비행기 엔진을 고장 내어 기동을 못하게 하는 것부터 시작하여 침몰시키거나 추락하도록 하여 수장시키는 것까지 여러 단계 징벌이 있다.

화기 사용 결정은 도로시가 관제한다.

아마도 전 세계의 모든 군함들이 한꺼번에 다가와도 몽땅 제거 가능할 것이다.

Y—자치령 휴양지에는 태풍이 불지 않으며, 인근에서 지진이 발생되어도 해일이 덮치지 않는다.

태풍은 바람의 정령이 비껴가게 할 것이고, 물의 정령은 해일의 방향을 바꾼다.

상어나 악어의 접근을 차단하는 것도 물의 정령이 할 일이다. 휴양객들이 마음 편히 해수욕이나 스쿠버다이빙을 즐길 수 있게 하는 배려이다.

불의 정령과 땅의 정령도 할 일이 있다.

인근 화산의 분화를 억제하거나, 분화가 되더라도 쇄설물 때문에 문제되는 일이 없도록 한다.

바람, 물, 불, 땅의 정령이 가호하면 휴양지는 자연재해로 인한 피해를 입지 않는다.

이는 대한민국과 각각의 자치령도 마찬가지이다. 현수가 머무는 동안엔 자연자해로 애먹는 일은 없다.

여름철 장마는 여전하고, 간혹 겨울철 폭설도 있겠지만 비나 눈으로 인한 심각한 피해는 입지 않는다.

그리고 가뭄이나 홍수 때문에 눈물 흘리는 일은 없다.

엘리뇨 혹은 라니냐 현상으로 인한 이상난동(異常暖冬) 또는 이상한파(異常寒波)도 없다.

피해를 줄만한 폭우가 없으니 산사태도 거의 없다.

다른 이유로 발생된다 하더라도 인명을 살상하거나 시설물을 덮치는 등의 일은 없다.

곧 터질 것 같던 백두산의 분화는 한없이 뒤로 밀리며, 리히터 규모 2.0 이상인 지진도 발생되지 않는다.

*   *   *

우크라이나 의사당에서의 연설이 끝난 뒤 준비되었던 리셉선은 성대하게 베풀어졌다.

실내악단이 아닌 오케스트라까지 동원되었는데 그들은 현수가 작사 작곡한 곡들을 반복해서 연주했다.

듣는 것만으로도 힐링이 되는 선율이 너무도 아름다웠기에 여러 번 연주되어도 누구하나 인상 찌푸리지 않았다.

오히려 점점 더 편안한 표정으로 변해갔을 뿐이다.

이 리셉션은 세계 최고 부자인 하인스 킴과 우크라이나 정부 사이에 맺어진 조차를 축하하는 의미였다.

이밖에 내전 종식과 더불어 러시아와의 분쟁도 일괄타결된 것을 기뻐하는 자리였다.

전쟁이 끝났으니 이젠 위기에 놓인 경제를 살리는 일만 하면 되는데 하인스 킴의 대대적인 투자계획이 발표되었다.

몽땅 농사만 짓는다 하더라도 농지 정리도 해야 하고, 농부들을 위한 주거지도 필요하다. 그리고 그들의 삶을 윤택하게 해줄 각종 근린시설 등도 있어야 한다.

따라서 온갖 종류의 중장비와 건축 자재들이 필요할 것이다. 그걸 누가 공급하겠는가!

우크라이나에서 구입하지 않고 외국에서 수입을 한다 하더라도 일단은 영토를 지나야 한다.

그런데 현수의 투자계획은 의원 및 각료들의 예상을 훨씬 상회했다. 공업국가였던 우크라이나의 옛 명성을 되살릴 수 있는 내용이었기에 의원들 모두 상기된 표정이다.

어쨌거나 세계 최고의 부자인 하인스 킴의 투자는 확실히 수월하게 경제위기를 극복할 수 있게 해줄 것이다.

현수는 자치령을 얻어서 좋고, 우크라이나는 전쟁의 위험을 지움과 동시에 멈췄던 발전가도를 다시 밟을 수 있게 되니 상호가 Win—Win인 일이다.

게다가 전혀 기대치 않았던 1,000억 달러 스와프라는 선물을 받았다. 외환위기로부터 적어도 열 걸음은 멀어지는 대단한 선물이다.

하여 몇 시간 동안이나 술과 음식, 그리고 아름다운 선율이 그득한 곳이었고, 화기애애한 분위기였다.

현수는 내내 대통령 옆자리에 앉아 의원들의 인사를 받았다. 나라를 구해준 은인 대접이었는지라 다소 쑥스러웠다.

아무튼 모든 행사를 마치곤 영빈관으로 돌아왔다.

격식을 갖추느라 맨 넥타이가 불편하여 좌우로 흔들어 느슨하게 하는데 지윤이 다가선다.

"수고하셨어요. 그리고 축하드려요."

"응? 아! 그래. 지윤 씨도 힘들었지?"

"아뇨! 제가 힘들 일이 뭐가 있었겠어요."

말은 이렇게 했지만 난감하고 불편한 자리에 앉아 있었다.

현수가 앉았던 자리는 헤드 테이블이다.

대통령 페트로 포로셴코와 영부인 마리나 포로셴코가 동석해 있었고, 바로 옆 테이블엔 각부 장관들이 배석해 있었다.

지윤은 퍼스트레이디 역할이었고, 자리가 자리인 만큼 우아한 미소를 지어야 했기에 입가 근육이 당길 지경이었다.

계속해서 찾아온 의원들과 인사하느라 앉았다 일어나기를 수십 차례나 반복해서 제대로 먹지도 못했다.

하여 다리도 아프고, 몹시 피곤하며, 배도 약간 고프다.

그럼에도 전혀 내색하지 않고 현숙한 아내처럼 양복 상의를 받아들며 생긋 웃는다.

의원들이 헤드테이블을 찾아온 이유 중 하나는 대머리 치료제 안티발드 때문이다.

현수와 이런저런 환담을 하던 대통령은 바로 곁 테이블에 앉아 있던 재무장관 올렉산드르 다니루크와 시선이 마주치자 자국 최대 은행인 PJSK 프리밧 뱅크(Privat Bank) 국유화에 관한 진척사항을 물었다.

1992년에 설립된 이 은행은 예상치 못했던 내전으로 인한 경기 침체가 너무 극심하여 심한 어려움을 겪고 있다.

5년 후인 2021년 만기채권이 1달러 당 57센트에 거래되고 있고, 회생 가능성이 너무 낮아 파산만 남은 상태이다.

그렇다하여 파산하는 걸 보고 있을 수만은 없다. 수많은 국민들이 그 은행과 거래를 하고 있는 때문이다.

하여 부득이하게 국유화를 의논한 것이다.

재무장관은 곁에 앉아 있던 중앙은행장 발레리야 곤타르와 몇 마디 말을 나누곤 지분 100%를 정부가 인수하는 것으로 가닥을 잡아야 한다는 보고를 하였다.

문득 둘 다 대머리라는 것이 인식되었다.

주변을 살펴보니 열 중 셋이 이마가 훤하거나 정수리가 비어 있다. 넷은 아예 둘 다 해당된다.

무려 7할 정도가 대머리인 것이다.

한국에서 장모님의 나라, 또는 미녀들의 나라라 불리는 우크라이나지만 사내들은 천형이라도 받은 듯 머리가 훤했다.

문득 대머리 치료제 안티발드가 뇌리를 스쳤다. 이때 내무장관과의 대화를 마친 대통령이 정중히 사과한다.

"에구! 이거 미안합니다. 긴급히 결정해야 할 중대한 일이 있어서요. 불편하게 했다면 사과를 드립니……"

"아유, 아닙니다. 저는 괜찮습니다. 그런데 각부 장관님들과 의원님들 중 대머리가 상당히 많으시네요."

"…유전자의 힘이지요. 나는 다행히도 비껴갔지만……."

새삼스레 의원 및 각료들을 바라보는 대통령의 시선엔 측은함 내지 짠함이 담겨 있었다.

본인이 대머리가 아니라 그러하다. 그리고 한국도 그렇지만 이곳 역시 대머리는 단점 중 하나인 모양이다.

"대머리 치료제 공장도 세울까요?"

"네? 무, 무슨 말씀이십니까?"

뭔가 잘못 들었다는 표정이다.

"얼마 전에 우리 연구소에서 안티발드라고 이름 붙인 대머리 치료제를 개발했어요."

"대머리 치료제요? 그럼 머리카락이 나는 겁니까?"

"네! 자체시험 결과 발모효과가 아주 뛰어나더군요."

"…어, 얼마나요?"

조금 전 대통령의 음성이 약간 커서 그런지 주변에 있던 각료와 여당의원들의 시선이 대거 쏠린 상태이다.

뭔 일인가 싶었던 것이다.

이쪽을 바라보는 사람들의 5할이 속알머리 또는 주변머리가 없고, 3할은 아예 훤하다. 8할이 대머리인 것이다.

현수는 살짝 음성을 높였다.

"얼마 전에 두 차례에 걸쳐 각각 100명씩을 대상으로 시험했는데 화상 등으로 두피세포가 손상된 사람들을 제외하곤 모두 머리카락이 나더군요."

이 말은 괜한 헛소리가 아니다. 안티발드를 대머리들에게 투여하였고, 그 결과 100% 발모되는 것을 확인했다.

물론 비공식적이다.

"아……!"

각료와 의원들의 눈이 대번에 커지는가 싶더니 금방 조용해진다. 현수와 대통령의 다음 대화를 듣고 싶은 것이다.

"안티발드라 이름 붙였는데 한국의 Y—메디슨에서 생산준비를 하고 있지만 거기선 세계의 수요를 감당할 수 없어요."

"네에, 그렇겠죠."

전 세계 대머리 인구가 얼마나 많은가!

그리고 한번 복용으로 완치되는 게 아니다. 대머리 유전자가 계속 탈모를 진행시킬 것이기 때문이다.

안티발드는 일주일에 한 알씩 복용하도록 설계되었는데 그 기간 동안엔 탈모보다 발모가 더 강력하다.

다시 말해 평생토록 복용해야 하는 약이다.

이것의 원료로 고사리, 솔잎, 쥐눈이콩, 다시마, 검정참깨, 호도, 들깨 등이 쓰인다. 이밖에 가장 중요한 효소 한 가지가 더 있다. 아직 세상이 알아내지 못한 것이다.

어쨌거나 이것들의 성분 배합비가 적정하지 않으면 발모효능이 심하게 저하되거나 아예 발현되지 않는다.

언제나 그렇듯 이것 역시 특허를 내지 않을 생각이다. 그러려면 성분비를 감춰야 한다.

한번 복용으로 대머리를 치료하는 것은 미래의 기술로도 어려운 일이다. 유전의 힘 때문이다.

하여 꾸준히 복용하도록 설계했는데 여기에 현대인들에게 부족한 각종 비타민 등이 적정량 함유되도록 하였다.

성분비를 감추기 위한 조치이다.

아무튼 일주일에 한 알만 복용하면 되는데 비타민 및 각종 미네랄 제재 등을 매일 먹어야 하는 불편함까지 사라진다.

예를 들자면 비타민A(레티놀)이 결핍되면 야맹증과 정맥 손상이 발생된다. B1(티아민) 부족은 각기병, B12(시아노코발라민) 결핍은 악성 빈혈과 관련 있다.

이밖에 C(아스코브르산)는 괴혈병, D(칼시테롤)는 구루병과 골다공증, E(토코페롤)은 노화와 불임을 발생시킨다.

칼슘(Ca), 인(P), 나트륨(Na), 칼륨(K), 마그네슘(Mg), 황(S) 등의 부족 역시 신체에 영향을 끼친다.

아무튼 안티발드를 복용하면 대머리가 치료되고 각종 비타민 및 미네랄 부족으로 인한 질병이 예방된다.

일상의 번거로움까지 피할 수 있으니 1석 3조 이상이다.

대머리는 여성보다 남성이 많다.

남성호르몬 분비와 관련이 있기 때문이다. 하여 이실리프 제국에서 판매했던 것엔 바이롯 성분이 약간 섞여 있었다.

남성 호르몬 분비와 관련 있기 때문인데 이 덕분에 대머리는 정력이 세다는 소문이 나돌기도 했다.

어쨌거나 Y—메디슨 향남공장에서 생산하는 것으론 세상의 모든 대머리를 만족시킬 수 없다.

따라서 대대적인 공장 증설이 필요한 데 마침 생색내기 좋은 것 같아 말을 꺼낸 것이다.

"우크라이나에도 안티발드 제조공장을 세우죠. 유럽 전체를 감당할 물량이 생산될 겁니다."

"……! 우와아! 만세! 만세! 만세!"

각료와 의원들이 일제히 만세삼창을 하며 환호성을 지른다.

본인들의 숙원이 해결됨과 동시에 우크라이나의 경제에 큰 도움이 된다는 걸 알기 때문이다.

직후부터 의원 및 각료들의 감사 방문이 이어졌다.

언제쯤 발매되는지가 초미의 관심사였다. 다들 사회적 지위가 있어서 그런지 가격은 묻지 않았다.

현수는 그들과 건배하며 연신 잔을 비웠고, 지윤은 얼굴이 당길 정도로 웃음을 지어야 했던 것이다.

이후엔 고용에 관한 이야기를 나눴다.

우크라이나에서 제공한 조차지 면적은 약 6만㎢이다. 이 정도면 대한민국보다 훨씬 넓은 농지를 가질 수 있다.

체르노빌 일대를 비롯한 조차지는 거의 완전한 평탄지형이지만 대한민국은 산지가 국토의 70%이기 때문이다.

나머지 30%엔 수많은 주택과 공장, 도로 등이 있어 식량을 내는 농지는 그리 넓지 못하다.

한국의 2016년 쌀 생산량은 419만 6,691톤이고, 논의 면적은 약 8,960㎢이다.

다른 작물을 생산해내는 밭은 약 7,480㎢이니 둘을 합쳐 1만 6,440㎢가 경지면적이다.

이를 2015년과 비교해보면 서울과 인천 면적만큼 줄어든 것이다. 이처럼 매년 조금씩 줄어들고 있다.

경지면적 감소 이유는 각종 건물 건축에 따른 농지 형질변경, 즉 농지전용과 유휴지 증가가 주된 원인이다.

농지가 식량자급의 핵심요소인 현 상황에서 면적이 이렇게 지속적으로 줄어들게 되면 자연스레 식량자급률 또한 낮아질 수 있다. 그리고 방치하면 식량주권을 잃게 된다.

그럼에도 현재의 정권은 이에 관심이 없었고, 지금도 그러하기는 마찬가지이다.

오로지 권력 유지와 더불어 제 곳간 채우기에만 관심이 있는 썩어 빠진 것들이 포진해 있었고, 현재는 비명을 지르시느라 딴 데 신경 쓸 겨를이 없는 것이다.

여기에 국정농단과 복지부동, 부정부패와 온갖 비리가 합쳐져 나라 전체가 침몰하는 중이다.

하여 국민들이 들고 일어나 매주 주말마다 광화문 광장에서 촛불시위를 하고 있는 것이다.

이대로 놔두면 정말 나라가 망할 상황인지라 도로시가 개입하였다. 하여 오뚜기와 LG 등 몇몇 건실한 기업을 제외한 나머지의 경영진들을 싸그리 잘라냈다.

다음은 그들이 저지른 비리 고발이다.

문제는 이들을 조사하고 처벌해야 할 사법부의 기능의 거의 멈춰있는 것이다.

권력과 결탁하였거나 금품에 양심을 판 썩어빠진 판사와 검사들은 하나도 빠짐없이 에이프릴 증후군을 앓거나 이미 뒈졌다.

그러지 않은 판검사들은 그들의 공통점을 파악했고, 가급적이면 그들에게 물들지 않으려 애를 쓰는 중이다.

아무튼 남은 인력들이 모두 매달려도 몇 년은 걸릴 만큼 많은 고소 고발이 빗발쳤다.

처리는 해야 하는데 손이 부족하자 심각성에 따른 기소중지 처분이 이어지고 있다.

참고로, 기소중지란 피의사건에 대하여 공소조건이 구비되고 범죄의 객관적 혐의가 충분하더라도 피의자나 참고인의 소재불명 등의 사유로 수사를 종결할 수 없는 경우, 검사가 그 사유가 없어질 때까지 수사중지를 결정하는 것이다.

편법이기는 하지만 어쩌겠는가!

검찰 및 경찰 수사관 중에서도 상당수가 에이프릴 증후군 때문에 목숨을 잃었거나 잃기 직전인 상황이다.

Chapter 10

—

개들은 철수할 거야

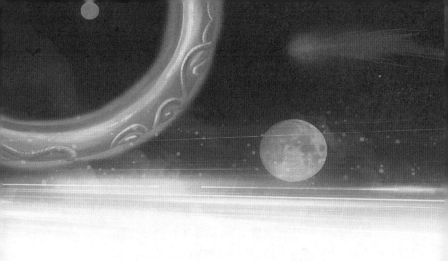

　이에 도로시가 나섰다.

　기소중지 된 사건들이 공소시효 만료 전에 모두 기소될 수 있도록 증빙을 첨부한 서류를 전송한 것이다.

　법원이 요구하는 수준에 딱 맞춰 작성한 것인지라 내용 검토 후 프린트만 하면 끝일 정도로 일목요연하다.

　사건 연관성까지 고려하여 작성되었으므로 차례대로 기소하면 결국 재벌들의 범죄를 소명하게 된다.

　그야말로 빼도 박도 못할 확실한 증거를 차근차근 만들어서 최종보스를 확인 사살할 수 있을 정도인 것이다.

　몇 % 안 되는 지분을 가지고 전횡을 부리던 재벌일가들은 모두 감옥에서 평생을 썩게 될 것이다.

차기, 또는 차차기 국회에서 기소유예나 집행유예라는 제도를 아예 없애버릴 것이기 때문이다.

이를 돕기 위해 Y—그룹이 나설 것이다.

전주시에는 약 19만 4,000㎡ 부지에 수용인원 1,500명인 새로운 교도소가 조성될 예정이다. 토지를 수용하는데 상당히 많은 돈이 들며, 건축비 또한 만만치 않을 것이다.

죄 지은 것들을 가두는데 너무 많은 세금을 쓴다.

하여 전남 완도군 당사도를 사들여 수용인원 10만 명인 위탁수용 민간교도소를 운영할 계획을 하고 있다.

당사도는 완도군청으로부터 직선거리 30.8㎞이고, 보길도와 소안도 중간 수역 남쪽 5㎞에 위치해 있다.

면적은 1.46㎢이고, 2009년 기준 51명이 기거하고 있다.

현수가 이 섬을 지목한 것은 추살의 가장 중요한 원료인 하프늄이 매장되어 있기 때문이다.

현재의 기술로는 탐지할 수 없을 만큼 상당히 깊은 곳에 위치해 있지만 캐내는 것은 일도 아니다.

행성자원 채굴에 동원되는 일꾼로봇을 투입하면 된다.

하여 정부 대신 교도소를 관리해주지만 보조금 등은 지원받지 않을 생각이다.

이곳은 24시간 위성으로 감시되며, 교정인력은 전부 로봇이다. 따라서 탈옥은 꿈도 못 꾼다.

아울러 수형자 간 폭력행위 또는 자살은 불가능하다. 모의하는 순간 적발되는 때문이다.

이런 자들은 소위 관방(棺房)이라 하는 곳으로 보내진다.

가로, 세로. 높이가 70×200×45㎝인 이것은 두께 20㎝짜리 강철로 만든 것이다.

사람이 들어가 누우면 조금씩 움찔거릴 수 있을 뿐이다.

이곳엔 들어가기 전에 관장(灌腸)을 하여 창자를 싹 비운다. 화장실 때문이다.

뚜껑이 닫히면 아무 맛도 없는 에너지 캡슐이 공급된다. 밥 대신 하루에 한 알만 공급되며 대변은 배출되지 않는다.

물은 하루에 1.5리터 정도만 공급되는데 입에 대어져 있는 빨대를 빨아야 하며, 소변은 소변줄을 통해 배출된다.

안에 들어가면 소리와 빛이 차단되므로 시간의 흐름을 가늠할 수 없어 미칠 지경이 된다.

정도에 따라 사흘부터 한 달까지 관방에 넣어지는데 들어갔다가 나오면 순한 양처럼 변한다.

다시는 관방에 들어가고 싶지 않기 때문일 것이다.

현수가 마법을 쓸 수 있게 되면 조금 더 견디기 힘들어진다. 눈을 감으면 온갖 악몽을 꾸기 때문이다.

무시무시한 괴물이 아가리를 벌리고 달려들거나, 본인에게 원한을 품은 사람들이 날이 시퍼렇게 선 낫을 들고 다가서는 등의 꿈이다.

괴물에게 물어뜯기거나 원한 품은 이의 낫에 베이면 그 통증이 고스란히 느껴진다. 하여 생시인지 꿈인지 구별하지 못한 채 비명만 지르게 된다.

그러다 꼴까닥하고 혼절하게 되면 위에서 물벼락이 쏟아진다. 하여 정신이 들면 사방에서 굶주린 쥐떼나 독사들이 달려드는 환각에 시달린다.

눈을 뜨든 감든 무시무시하긴 마찬가지인 것이다.

관방을 경험했던 놈 중 하나는 '살아서 지옥을 보았다'는 말로 표현했다. 그러곤 진저리를 치며 소변을 지렸다.

생각하는 것만으로도 끔찍했던 것이다.

어쨌거나 Y-교도소에 수감되면 자신의 입으로 들어갈 식량을 직접 생산해야 한다.

매일 경작지에 나가 농사를 지어야 하는 것이다. 모두가 그런 건 아니다. 일부는 염전을 일궈 소금을 만들어야 한다.

그 걸로 밥을 만들고, 두부를 만들며, 김치를 담는다. 생선과 육류는 공급되지 않는다.

태업하여 수확량이 줄면 배급량을 줄이거나 굶긴다.

일부는 의복을 만들게 되고, 일부는 신발을 만든다. 이들 역시 제대로 일을 하지 않으면 굶긴다.

밖에서는 재벌 회장이었더라도 이곳에 수감되면 모두가 똑같다. 외부의 돈과 권력이 전혀 통하지 않기 때문이다.

조만간 가석방 제도가 없어질 것이니 선고된 형기를 다 채우기 전엔 육지 구경을 하지 못한다.

집행유예와 가석방 제도만 없어지는 것이 아니다. 보석금 제도도 없어지고, 벌금형도 사라진다.

또한 모범수에 대한 감형제도 역시 없어진다.

그리고 술 마셨다고, 향정신성 의약품을 사용하여 심신미약인 상태였다고, 정신과 치료를 받는다고 선고를 유예하거나 정상을 참작하여 형량을 줄여주는 거지발싸개 같은 제도 역시 사라진다.

오히려 음주 범죄를 더 강하게 다스리고, 마약 등을 복용하고 저지른 범죄는 가중 처벌된다.

아울러 정신과 치료 중인 자는 형기를 마칠 때까지 정상인 판정이 되지 않으면 곧바로 격리시설로 보낸다.

아무튼 죄를 지으면 사회적 지위나 개인의 처지와 상관없이 반드시 처벌받는다는 인식이 널리 퍼지게 된다.

이게 현수가 생각하는 사회정의이다.

어쨌거나 도로시는 우크라이나 자치령의 마스터플랜을 수립한 바 있다. 지형과 도로, 주거지역 분포 및 수자원 상황 등을 충분히 고려한 최적의 계획이다.

시간은 얼마 걸리지 않았다. 워낙 뛰어난 성능을 가졌기에 불과 5분만에 82만 3,375가지 개발계획을 짰다.

이중 가장 효율적인 것 3가지를 찾아 제시했고 현수가 그중 하나를 채택하였다.

그 내용을 보면 우크라이나에서 제공한 조차지에 조성될 논의 면적은 약 9,000㎢이다. 한국과 거의 비슷하다.

물론 벨라루스와 러시아에서 제공한 조차지 일부를 논으로 개간하면 훨씬 더 넓어질 수 있다.

어쨌거나 벼의 재배조건은 여름철 강수량이 많아야 하며, 성장기에 고온다습한 기후조건이 갖춰진 곳이어야 한다.

아울러 기울어진 산지보다는 평야가 훨씬 더 유리하다.

우크라이나 자치령은 평지이기는 하나 물이 부족하고, 여름철 강수량이 상대적으로 적고, 고온다습한 기후도 아니다.

따라서 벼를 재배하기에 적합하지 않다.

그럼에도 논농사도 지을 것이다. 정령들이 동원되면 가능하기 때문이고, 밀 보다는 쌀을 보급하고자 함이다.

빵은 밀가루 이외에 버터, 마가린, 식용유, 유화제, 혼합제제, 가공 이스트 등 여러 첨가물이 필요하다.

반면 밥은 오로지 쌀과 물만 있으면 된다.

어떤 것이 더 건강에 문제를 일으킬 수 있을지를 차체하더라도 쌀이 월등하게 편리할 것이다.

게다가 냉대기후에서도 잘 자라는 종자가 확보되어 있다.

아내이자 가이아 여신의 성녀였던 스테이시 아르웬이 정성 들여 개량해놓은 귀한 종자이다.

아르센 대륙 북부지역의 식량난을 해소시키기 위해 10년 동안이나 교배시험을 하느라 애쓴 결과물이다.

아르센에도 시베리아처럼 추운 지역이 있는데 식량이 부족하다 하여 종자개량을 한 것이다.

어쨌거나 이것이 있으니 최소한의 여건만 갖춰지면 곧바로 벼를 재배할 수 있다.

적정한 면적만 확보되면 일조량도 적고, 수분 공급도 적겠지만 쌀 수출 세계 1위 국가인 인도의 수확량을 단숨에 제칠 정도가 될 것이다.

참고로, 인도의 벼 재배면적은 40만㎢이고, 수확량은 1억 800만 톤이니 1㎢ 당 270톤 꼴이다.

현수가 보관하고 있는 냉대기후용 벼의 수확량은 1㎢ 당 3,240톤이다. 인도의 것보다 12배 많다.

따라서 우크라이나의 논에서 생산될 양은 2,916만 톤이다.

대한민국의 2016년 수확량의 7배 정도이다.

만일 한국의 논에 온대기후용 종자를 파종했다면 18배 이상이었을 것이다.

어쨌거나 농사를 지으려면 많은 사람이 필요하다.

따라서 조차지에선 우크라이나 국민들을 고용할 것이고, 적정한 임금을 지불할 것이다.

치외법권 지역으로 지정되었지만 향후 20년 동안은 이에 대한 징수권을 우크라이나 정부에게 주기로 하였다.

경제난 극복을 돕기 위함이라는 현수의 말에 대통령을 비롯한 각료와 의원들 모두 감격하는 표정이다.

실업률을 떨어뜨려 경제 활성화에 도움을 주는 것만으로도 고마웠기 때문이다.

아무튼 성대한 리셉션은 막을 내렸고, 현수와 지윤, 그리고 신일호는 영빈관으로 돌아왔다.

이밖에 또 한 사람이 있다.

객실 냉장고 문을 열고 서 있던 밀라 유리첸코이다.

"대표님! 음료수 뭐 드실래요?"

"그냥 생수 한잔 부탁해요."

"네에. 생수요."

우크라이나 정부는 밀라 유리첸코를 현수에게 붙였다.

러시아와 관련된 분란이 사실상 종결되었는지라 전선 배치는 무의미한 일이 되었다.

친서가 도착하기도 전에 상대의 철군이 시작되었다. 이에 우크라이나군 역시 철수를 준비하며 정리작업 중이다.

요란했던 총성과 포성은 완전히 사라졌지만 밀라의 의무복무기간은 만료되지 않았다.

밀라의 신분은 공무원 파견이다. 다시 말해 의무복무기간이 채워지면 다시 공무원으로 되돌아오는 것이다.

한국으로 치면 서울대학교에 해당하는 키에프 대학교 경제학과를 우수한 성적으로 졸업하였고, 대통령 비서실 인턴으로 근무하는 동안 탁월한 업무능력을 보인 재원이다.

어찌 청소작업이나 하도록 놔두겠는가! 하여 현수의 수행비서 겸 연락관으로 배치되었다.

기왕에 안면이 있으며, 공무원 신분인지라 보내진 것이다. 사실 밀라의 적극적인 지원으로 이루어진 일이다.

현수와 함께 다니는 동안 많은 걸 보았지만 아직 투자와 관련된 귀신같은 솜씨는 경험하지 못하였다.

같이 다니면서 눈치껏 배워와 우크라이나의 국가재정에 도움이 되는 인재가 되고 싶다고 자원했던 것이다.

하여 현수가 어딜 가든 따라다니면서 수발을 들어주는 수행비서 역할을 하도록 했고, 연락관 임무가 부여되었다.

지윤이 있어 수행비서가 필요치 않다고 난색을 표했지만 대통령은 우크라이나가 아닌 나라에 방문해 있는 동안 일이 벌어졌을 때를 대비하자는 말을 하였다.

이를 거절치 못해 영빈관까지 따라온 것이다. 다행인 것은 방이 여러 개 있다는 것이다.

"여기 생수요."

"어! 그래, 고마워."

투명한 컵에 담긴 생수를 받아 한 모금 들이켰다.

"고맙기는요. 당연한 일이죠. 저도 수행비서잖아요."

활짝 웃으며 눈웃음친다. 누가 보면 여우 짓을 하는 것처럼 보이지만 원래부터 이렇다.

체르노빌 일대의 방사능 정화작업을 하며 알게 된 사실이다. 그리고 웃는 낯에는 침을 못 뱉는 법이다.

게다가 밀라는 보기 드문 미녀이기도 하다. 하여 별일 아닌
듯 대꾸한다.

"알았어. 밀라도 피곤할 테니 좀 쉬어."

"네에. 그나저나 다음 스케줄은요?"

현수의 일정을 정부에 보고해야 하기에 한 말이다.

이는 첩보원처럼 내부정보를 빼려는 게 아니다.

어디서 무엇을 하든 정부의 협조를 얻으려면 사전에 알고
있어야 하는 때문이다.

"음! 내일 대통령님과 조찬을 하면 곧장 벨라루스로 갈 거
고, 이후엔 모스크바에 갔다가 바이칼 호수로 가볼 생각이
야."

"그럼 민스크공항과 이르쿠츠크공항도 이용하겠네요."

전세기를 타고 왔음을 알기에 하는 말이다.

"그렇겠지."

"거기 숙소는요?"

"벨라루스에선 프레지던트 호텔에 머물 거야."

"아! 방 하나 더 예약해야겠군요."

새로 합류했으니 본인이 머물 룸이 필요한 것이다. 비용은
우크라이나 정부가 지불한다.

"아니, 그럴 필요 없어."

"왜요?"

밀라의 눈이 동그랗게 변한다. 무슨 의미냐는 뜻이다.

"그 호텔 전체를 쓰기로 했거든. 나 따라 다니느라 고생한 항공사 승무원들도 다 같이 갈 거야."

한국을 떠나온 지 상당기간이 지났다. 승무원들은 매번 격리된 채로 지내야 했다.

지금쯤 불만이 쌓여 있을 것이다.

어느 누구도 에이프릴 증후군과 관련 없음을 너무도 잘 알기에 호텔 전체를 비워달라고 한 것이다.

"아! 네에. 그런 그다음에는요?"

"벨라루스에서의 일정이 끝나면 모스크바에서 조차협정식을 하고 곧바로 바이칼호의 알혼섬에 가볼 생각이야."

바이칼호에는 27개의 섬이 있는데 알혼섬은 그중 가장 큰 것으로 면적은 약 730㎢이다.

참고로. 서울시 면적보다 100㎢ 이상 넓다.

"아! 거기요? 혹시 관광목적이신가요?"

"응! 좋다고 하니 한번 둘러보려고."

말은 이렇게 했지만 진짜 목적은 물의 정령을 불러내기 위함이다. 농업 등에 꼭 필요하다.

하지만 말해봐야 믿지 않을 뿐 더러 괜히 이상한 눈으로 볼 듯하여 짐짓 아무렇지도 않게 한 말이다.

"근데 거긴 교통편도 그렇고. 호텔도 별로예요."

알혼섬엔 4성급 이상인 호텔이 없다.

별로 많지 않은 관광객을 위한 게스트하우스 같은 것밖에 없기에 하는 말이다.

*   *   *

밀라는 대학 1학년 여름방학 때 친한 친구와 더불어 배낭
여행 비슷하게 바이칼 호수를 보러갔었다.

그때 알혼섬 후지르 마을에서 머물렀는데 비교적 숙박비가
저렴한 니키타 하우스에 투숙했다.

기억을 더듬어보니 공항에서 섬까지 버스로 3시간 걸렸고,
배를 타고 2시간 반쯤 이동한 후, 후지르 마을까지 다시 2시
간이 걸렸으니 꼬박 반나절이 걸렸다.

하여 도착하자마자 곯아떨어졌던 기억이 있다.

다음 날, 숙소를 둘러보았는데 한국으로 치면 상당히 낡은
펜션 수준이다. 다행인 건 음식이 입에 맞았던 것이다.

밀라가 그때의 기억을 더듬을 때 현수의 말이 이어진다.

"이르쿠츠크에 당도하면 아나스타샤 호텔에서 1박하고, 다
음날 알혼섬으로 갈 땐 헬기를 이용할 거야."

"아! 헬기를 빌리면 되네요."

차 타고, 배를 탔다가 다시 차를 타는 번거로움과 더불어
지루한 시간까지 확 줄여줄 운송수단이다.

흠이 있다면 돈이 많이 든다는 것이다. 하지만 어떤가! 현
수는 자타가 공인하는 세계 최고의 부자이다.

"바이칼 뷰라는 호텔이 있는데 헬리포트까지 갖춰져 있어서 거기서 머물 계획이야."

말이 호텔이지 사실 방갈로나 다름없다. 그럼에도 이곳을 택한 이유는 아주 오래 전에 방문했던 곳이기 때문이다.

"아……!"

이번 감탄사는 여운이 길었다. 부자들의 삶을 살아본 적이 없으니 상상도 못 했던 일이었던 모양이다.

물론 외삼촌이 부자이기는 하다. 하지만 그건 본인의 것도 아닐 뿐만 아니라 본인이 상속받을 재산도 아니다.

하여 외삼촌이 대통령이 되기 전에도 가급적 그의 집을 방문하지 않았다. 작고한 아빠가 괜한 바람이 들면 본인 마음고생만 커진다는 충고의 말을 여러 번 했기 때문이다.

"다 비워달라고 했으니까 방 걱정은 안 해도 될 거야."

"네에. 알겠어요."

고개를 끄덕이는 밀라의 뇌리로 캐리어에 무엇을 넣을지가 빠르게 스친다. 이걸 보면 확실한 여자이다.

밀라가 물러간 후 현수는 화장실로 들어갔다. 샤워를 마치고 나올 때 도로시의 보고가 있었다.

'폐하! 말씀하셨던 안드로이드 9기가 완성되었는데 어디로 내려 보내라 할까요?'

수건으로 젖은 머리카락을 말리던 현수의 움직임이 멈춘다.

'음… 일단 한국으로 보내.'

'넵! 말씀하셨던 나노봇들 외에 더 챙길 게 있을까요?'

'챙길 거……? 아! 그것들 아공간 용적이 얼마나 되지?'

현수는 마법을 쓸 수 없는 상태지만 위성마다 활성화시킨 마법진이 비치되어 있다. 지금처럼 명령이 내려졌을 때 즉각적으로 반응하기 위함이다.

이를 만든 것은 후손 마법사들이다.

이실리프 제국은 현수의 직계후손들에게만 마법이 전승된다. 그렇다 하여 후손 모두가 마법사가 되는 것은 아니다.

인성검사 등을 두루 통과해야만 가능한 일이다.

마법을 악용하는 등의 행위를 하면 마나 고리를 끊어버린다. 다시는 마법사로 복귀할 수 없게 하는 것이다.

그뿐만 아니라 마법에 관한 모든 지식과 기억을 삭제한다. 누군가에게 불법적으로 마법을 전수하는 걸 막기 위함이다.

이렇게 해야 흑마법사가 발생되지 않는다.

법으로 정해진 처벌을 받은 후엔 늙어 죽을 때까지 평범한 일을 하게 된다. 아무나 할 수 있는 단순작업이다.

아울러 영원히 공적인 직업을 가질 수 없다.

어쨌거나 위성마다 적정 수량의 아공간마법진이 실려 있다.

'8㎥와 27㎥, 그리고 125㎥와 1,000㎥짜리가 있어요.'

'그래? 재고는?'

'규정된 대로 탑재되어 있어요. 8㎥와 27㎥는 30개씩, 125㎥와 1,000㎥짜리는 12개씩요.'

'그래? 그럼 1,000㎡짜리로 내려 보내라고 해.'

'저어… 어떤 용도로 쓰시려고요? 그건 행성 자원 채굴할 때 쓰려고 준비한 거예요. 아시다시피 아공간마법진은 만능 제작기가 있어도 추가가 불가능해요.'

만들 수는 있지만 마법사가 활성화시켜줘야 한다는 뜻이다.

'그럼 27㎡짜리 여섯과 1,000㎡짜리 셋 보내라고 해.'

'알았어요.'

'내가 전에 뭘 가지고 오라고 했는지는 알지?'

'그럼요. BD봇과 캔서봇, 그리고 데스봇을 각각 180만 개씩이잖아요.'

'그래! 그럼 총 1,620만 개씩 늘어난 거네.'

'9기가 내려오니 당연히 그렇죠.'

'흐음! 좋았어.'

'내려오면 뭘 하라고 할까요?'

'일단은 현충원에 자리를 차지하고 있는 친일파들의 시신을 파내라고 해.'

'네……?'

느닷없는, 혹은 전혀 예상 밖의 지시라는 듯 도로시의 음성이 뾰족하게 올라간다.

'거기 매장되어 있는 친일파들은 모조리 파묘하고, 시신이 담긴 관은 들어내.'

'네. 그러죠. 그다음엔요?'

도로시는 현수가 얼마나 친일파를 증오하는지 알기에 이번엔 토 달지 않고 처리 순서를 묻는다.

'관은 아공간에 담고, 상석과 향로 등은 부숴버리고, 비석엔 악질 친일파라 처단한다고 새긴 뒤 분질러 놔.'

'……!'

'특히 일본군 중위 출신으로 남로당에 몸담았던 놈이 있는데 그놈의 것은 모조리 파헤치고 분질러 놔.'

'그럼 시끄럽지 않을까요?'

'그러라고 하는 거야. 역사를 잊은 민족은 미래가 없다는 말 몰라? 지은 죄가 있으면 죽어서도 벌 받아야 해.'

현수의 음성엔 단호함이 배어 있었다.

'알겠어요.'

일련의 행위가 누군가의 소행인 것으로 드러나면 분명히 나라 시끄러워질 일이다.

따라서 광학 스텔스 상태로 작업해야 한다. 초자연적인 현상처럼 보이면 신의 징벌이라 여겨질 수 있는 때문이다.

하여 도로시가 뭐라 첨언(添言)하려 할 때 말이 이어진다.

'파 헤쳐진 무덤은 원상태대로 복구할 필요 없으니까 그냥 그대로 내버려 둬.'

무덤을 비추는 CCTV가 있다면 저절로 봉분이 파헤쳐지는 듯하고, 관이 허공에서 사라지는 듯 보일 것이다.

'그럼, 관은 어떻게 처리할까요?'

썩은 시체가 담긴 걸 굳이 아공간에 보관하는 게 마땅치 않다는 뉘앙스이다.

'그건 조금 큰 믹서기를 만들어서 통 채로 갈아버려.'

'네에……? 시신이 담긴 관을요?'

대체 왜 이토록 해괴한 말을 하느냐는 뜻이다. 그러거나 말거나 명령이 이어진다.

'그래. 그걸 곤죽이 되도록 간 다음에 절반은 난지물재생센터로 가져가서 분뇨(糞尿) 처리하는 곳에 섞어.'

난지물재생센터의 옛 명칭은 난지도하수종말처리장이다.

한강으로 방류되는 오수(汚水) 및 하수의 원활한 처리에 관한 사무를 분장하는 서울시 사업소 중 하나이다.

이곳에서는 서울에서 발생되는 하수(下水)와 정화조, 분뇨를 처리한다.

분뇨 처리하는 곳에 섞으라는 건 갈아버린 시신을 똥오줌 처리하는 곳에 버리라는 뜻이다.

이렇게 하면 영원히 똥오줌과 섞여 있게 된다.

'아! 그거 말고 전국의 친일파 무덤을 모조리 파헤쳐서 똑같이 해.'

'네? 전국이요?'

'그래! 충분히 할 수 있는 일이잖아.'

'그야 그렇지만 숫자가……'

'2009년에 발간된 친일인명사전에 올라 있는 것들만 하면 그리 많지 않을 거야. 그게 4,776명인가?'

'헐……! 그것도 기억하세요?'

그냥 지나가는 말처럼 이런 일도 있었다고 보고했었다.

'혹시 누가 올라가 있는지도 아세요?'

'영원히 용서받지 못할 놈들인데 당연한 거 아냐? 매국 분야는 을사오적인 권중현, 박제순, 이근택, 이완용, 이지용. 정미칠적인 고영희, 송병준, 이병무, 이완용, 이재곤, 임선준, 조중응, 그리고 경술국적은 고영희, 민병석, 박제순, 윤덕영, 이병무, 이완용, 이제면, 조민희, 조중응이지.'

'……!'

인명사전에 등재되어 있는 순서까지 일치한다.

'찢어 죽여도 시원치 않을 이완용은 을사오적, 정미칠적, 경술국적 모두에 해당되고, 고영희, 이병무, 조중응은 정미칠적과 경술국적, 박제순은 을사오적과 경술국적 모두에 해당돼.'

'맞아요.'

'도로시는 내 할아버지가 어떻게 돌아가셨는지 잊었어?'

'아! 네에. 죄송해요.'

바로 꼬리를 내린다.

현수의 할아버지는 예전 지명으로 평안남도 용강군 대대면 매산리가 고향인 사람이다.

이 동네엔 사신총(四神塚)이 있다.

무용총(舞踊塚)처럼 말을 달리면서 사슴을 뒤쫓는 수렵도가 벽화로 있는 고분이다.

고향과 개성을 오가며 장사를 하던 현수의 할아버지는 독립군 전령으로 활동하셨다.

장사를 하면서 개성과 진남포뿐만 아니라 만주를 오가며 독립군 주요문서를 운반하는 임무를 맡았던 것이다.

그러다 빌어먹다 거꾸러져도 시원치 않을 왜놈 앞잡이의 밀고로 왜놈 순사에게 잡혔다.

조부를 고문한 것은 일본군 해주지방법원 송화지청에서 검사 겸 통역을 하던 이홍규였다.

이놈의 아들은 대법관으로 재직했었다. 친일파의 새끼가 한국의 법조계를 주물렀던 것이다.

아무튼 어찌나 지독하게 고신(拷訊)을 했는지 잔인하기로 이름난 왜놈 순사들조차 고개를 돌릴 정도였다고 한다.

조부는 놈의 고문을 이기지 못해 운명하셨다.

며칠 후 인도된 조부의 시신은 손톱과 발톱 전부가 빠져 있었으며, 안구까지 적출되어 있었다.

현수의 아버지는 그때 어린 나이였는데 조부의 온몸을 인두로 지지고, 채찍 등으로 갈긴 흔적을 보고 혼절하고 말았다고 한다. 너무도 끔찍했던 것이다.

다음 날, 왜놈들이 들이닥쳐 집안을 풍비박산시켰다.

그 결과 현수의 아버지는 제대로 된 교육을 받을 기회가 없어 가난에 허덕였던 것이다.

이런 것을 잊지 않고 있기에 현수는 일본에 대해 조금의 호감도 없다. 오히려 증오에 가까운 마음뿐이다.

이 내용은 황제 회고록에도 분명히 기술되어 있어 도로시 역시 잘 안다. 하여 분노 섞인 현수의 음성에 곧바로 반응한 것이다. 그러곤 얼른 말을 돌린다.

'근데 절반만 그렇게 해요? 나머지는 어쩌시게요?'

'그건 일본으로 가져가서 야스쿠니 신사[11]와 서거(鼠居), 그리고 총리 관저에 골고루 뿌려.'

참고로, '서거'는 왜놈들의 왕이 사는 황거(皇居)를 낮춰 부르는 말이다. '쥐새끼가 사는 집'이라는 뜻이다.

'……!'

'아! 가는 김에 하수 슬러지와 분뇨를 가득 담아서 같이 뿌려. 1,000㎥짜리 아공간 셋에 가득 가져가면 될 거야.'

참고로, 슬러지(Sludge)란 하수를 침전시킬 때 그 부유물에서 가라앉은 물질을 지칭한다.

이를 오니(汚泥)라고도 한다. '더러울 오'와 '진흙 니'가 합쳐져진 단어로 끈적일 뿐만 아니라 냄새가 지독하다.

현수의 지시대로 하면 신사와 서거, 그리고 총리관저 일대

---

11) 야스쿠니 신사(靖國 神社) : 나라를 평안케 한다는 의미의 사당. 일본 동경 지요다구(千代田區)에 있다. 메이지(明治) 이후의 전쟁 따위로 죽은 250여 만의 혼을 모아 제사 지내는 곳

는 어마어마한 악취 때문에 숨 쉬는 것조차 곤란할 것이다.

'아, 바싹 말린 거 가져가지 말고 적당한 함수율(含水率)[12]인 걸 가져가야 뿌리기 쉬울 거야.'

적당히 습하면서도 끈적거리면 냄새도 독하겠지만 좁은 틈 사이로도 잘 스며들어 청소에 어려움을 겪을 것이다.

이런 곳들만 제대로 노려서 뿌려놓으면 철거하고 새로 짓기 전까지는 악취 때문에 고생할 것이다.

모세관현상이 제대로 일어나면 철거 외에는 답이 없다.

'1,000㎡짜리 아공간 셋에 가득이면 어마어마하겠네요.'

'그렇겠지? 냄새 삼삼할 거야. 안 그래?'

현수는 상당히 기대된다는 표정이다.

'네! 골치 아플 겁니다. 철거하기 전까지는요.'

야스쿠니 신사도 그렇지만 서거와 총리공관은 상징적인 건축물이기 때문에 철거결정이 쉽지 않을 것이다.

한국으로 치면 경복궁과 청와대 쯤 된다.

이걸 냄새 난다고 허물어버리면 틀림없이 말들이 많을 것이다. 따라서 상당수 왜놈들이 한동안 악취를 견뎌야 하는 곤욕을 치르게 될 것이다.

그러다 결국은 허물 수밖에 없다. 인내심 없는 왜놈들이 견디기 힘든 냄새를 어찌 감내하려 하겠는가!

이미 죽어서 시체까지 다 썩은 것들을 이렇게 하는 것엔 이

---

12) 함수율 : 수분이 들어 있는 비율

유가 있다.

현수는 대지의 여신 가이아의 반려인 전쟁의 신 데이오로부터 '징벌하는 이'라는 칭호를 물려받았다.

하여 현수가 처벌하면 영혼까지 말살된다.

악질 친일파들은 이미 목숨을 잃었지만 영혼까지 사라진 것은 아닐 수 있다. 하여 이마저 말살시키려는 것이다.

다시 말해 왜놈에 빌붙어 동족으로 하여금 피눈물을 흘리게 했던 놈들의 영혼을 완전히 지워버리려는 의도로 파묘 등을 지시한 것이다.

Chapter 11
—
방 걱정 안 해도 돼

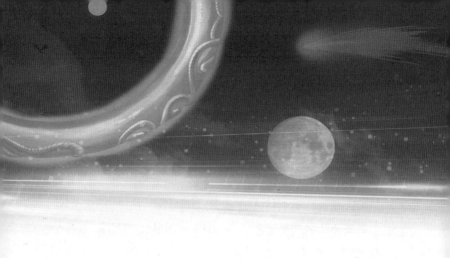

  '참, 친일파 놈들 관(棺)이 없어졌다는 게 드러나면 틀림없이 입에 거품을 무는 연놈들이 나타날 거야.'

  지금껏 드러나지 않았던 친일파, 또는 친일파의 후손의 등장을 뜻하는 말이다.

  '아무래도 그렇겠죠.'

  '걔들에겐 데스봇을 투여해 레벨 8에 맞춰서.'

  잠복 친일파이니 네 시간 간격으로 하루에 여섯 번 죽을 것 같은 고통을 겪으라는 뜻이다.

  '알겠어요. 근데 그게 다 끝나면요?'

  '일전에 지시했던 걸 가급적 빨리 마치도록 합류시켜.'

특정종교로 제 욕심을 채우는 것들과 그에 빌붙어 광신하고 있는 것들을 걸러내는 작업에 투입하라는 뜻이다.

아울러 사회악이 되어버린 특정종교 시설들을 파괴하도록 한 바 있다.

'알았어요. 최대한으로 속도를 높이라고 지시할게요. 휴머노이드 숫자가 늘어나니 금방 끝날 거예요.'

특정종교 소멸작업은 17% 가량 진척된 상태이다. 신일호 등 일부가 외국에 있는 때문이다.

그럼에도 하루에 수십 내지 수백 명이 뇌사상태로 발견되고 있다. 그와 동시에 개별 종교 건물들이 붕괴되고 있다.

아울러 최하위 안전등급을 받아 출입금지되는 건축물도 상당히 많고, 귀신 출몰 같은 초자연적인 현상이 빚어진다는 곳 또한 많다.

이들의 유일한 공통점은 특정종교와 관련이 있다는 것이다.

출입금지는 특정종교가 소유한 건물에서 일어나는 일이다.

그리고 초자연적인 현상이 빚어지는 곳은 남의 건물에 특정종교가 세 들어 있는 경우이다.

누가 봐도 특정종파만 빠르게 멸망의 길을 걷고 있으니 못되게 굴다 신의 분노를 샀다며 손가락질 당하고 있다.

지독히도 이기적이었고, 욕심 사납게 굴었으며, 안하무인이었기에 동정의 눈길을 보내는 사람은 그리 많지 않다.

내놓고 표현하진 않지만 대다수는 쌤통이라 생각하고 있다.

한편, 엄청 바쁘게 움직이는 사람들이 있다. 119 구조원들과 응급실 의료진이다.

병원마다 하루에도 열두 번 이상 스트레처카(Stretcher cart)에 실려 오는 뇌사자들 때문이다.

멀쩡했던 사람이 갑자기 의식을 잃은 채 발견되는데, 아직 원인을 찾지 못했다. 대부분 겉이 멀쩡한 때문이다.

가끔 쓰러지면서 골절되거나 외상을 입어 수술을 하기는 하지만 그건 뇌사와는 무관하다.

허벅지 조금 찢기거나 손목 뼈 부러진다고 뇌사되는 경우는 확률이 너무 낮다.

하여 다각도로 원인 파악에 나섰지만 결과가 없는 것이다. 결국 변종 에이프릴 증후군이란 명칭으로 환자를 분류한다.

따라서 의료보험 혜택을 받을 수 없어, 그간 꿍쳐놓은 돈이 빠르게 줄고 있다.

'아, 참! 친일파 무덤 파헤치러 다니면서 가는 길에 그놈들 동상 모가지 전부 따버려.'

'네? 동상 모가지를 따요?'

이건 또 웬 해괴한 주문이란 말인가!

'그래! 허리가 있으면 부러트리고.'

'네……?'

동상은 무생물이다. 그런 것에 분풀이를 한다고 뭐가 달라질까 싶은지 대꾸하지 않는다.

'전국 각지에 친일파 동상이 버젓이 세워져 있어. 특히 학교 교정에 상당수가 있어. 자라나는 학생들이 그걸 보면서 뭘 배우겠어? 안 그래?'

'네에! 그렇긴 하겠네요.'

동상이 있으면 생전의 행적을 기록한 안내문이 있게 마련이다. 보나마나 공(功)은 과장하고, 과(過)는 생략하였거나 미화시켜 놓았을 것이 분명하다.

그를 처음 본 학생들은 동상으로 묘사된 그 인물에 대한 선입견이 생기게 된다. 하여 친일파를 존경하는 아이들이 생길 수도 있다. 절대로 있어선 안 될 일이다.

그러니 눈에 뜨이는 대로 제거해버리라는 뜻이다.

'그거 다 부숴. 재접합 할 수 없도록 대가리와 몸체는 쪼개고, 받침대엔 생전의 죄목을 새겨. 궁서체로!'

진심이라는 뜻이다.

'알겠어요.'

크게 어려운 일이 아닌지라 쉽게 대답한다.

'그나저나 기레기 청소는 어떻게 되어가?'

출국한 지 오래되어 뉴스 등을 접할 수 없어 하는 말이다.

'아시겠지만 한국은 출입국이 엄격하게 제한되고 있어요.'

'그래, 알아!'

세계는 신종 전염병인 에이프릴 증후군의 기전[13] 에 대해 아무것도 파악하지 못하고 있다.

다만 전염성이 매우 강하다는 것과 치사율이 어마어마하다는 것만 인식하고 있을 뿐이다.

아울러 백약이 무효이며, 에이프릴 증후군으로 인한 통증은 마약으로도 경감되지 않다는 것만 안다. 하여 안 걸리는 것이 최선이라 타인과의 접촉을 심각하게 경계하고 있다.

1300년대 중반, 흑사병(페스트)이 유럽을 덮쳤다. 그 결과 엄청난 인구가 감소되었다.

그때와 비교하면 의학 및 제약 수준이 어마어마하게 향상되었다. 그리고 대한민국은 의료 선진국 중 하나이다.

실제로 암 환자 생존율과 생체 간 이식 등이 세계 1위이다.

2015년엔 메르스 사태 때문에 망신살이 뻗쳤지만 그건 의료 수준 때문이 아니라 무능한 행정부가 문제였다.

뛰어난 명중률을 가진 총이 있음에도 이를 다룰 줄 모른다면 조금 묵직한 쇠뭉치에 불과하다.

2015년의 정부가 그러했다.

의료진은 매우 우수했지만 이를 관리 · 감독하고 지휘하는 공무원들이 심각하게 수준 이하였다.

이들의 주특기는 책임 전가이다.

---

13) 기전(機轉) : 의학용어로 일어나는 현상을 뜻함. 방어기전, 면역기전, 작용기전 등으로 표현. 매커니즘(mechanism)과 유사

하여 정작 사태를 책임져야 할 자가 정말 열심히 일했던 사람을 좌천시키는 말도 안 되는 일이 일어났다.

모든 사실을 알고 있는 동료들조차 입 다문 걸 보면 다들 한통속들이라 할 수 있다.

어쨌든 대한민국은 세계에서 손꼽히는 의료 선진국이다. 그럼에도 에이프릴 증후군에는 속수무책이다.

발병률과 사망률이 급속히 상승했다. 그럼에도 기세를 멈출 줄 모르고 계속 변종에 변종이 발생되고 있다.

원인과 기전을 모르니 백신도 없고, 치료제도 없다.

요행히 치료되는 경우도 없으니 걸리면 구경만 해야 하는 상황이다. 그 결과 국제 왕따가 되어버렸다.

지나와 필리핀, 그리고 아랍과 미국 등에서는 에이프릴 증후군 전파의 책임을 묻자는 의견이 쏟아져 나온다.

지나와 필리핀 등에서는 보이스 피싱 조직이 무너졌다. 이들은 사회적 지위가 그리 높지 않다.

하지만 아랍 각국과 미국, 그리고 이스라엘 등은 사정이 다르다. 정부 고위 인사들이 죽어나갔고, 반군 수뇌부 역시 죽음을 면치 못했다.

그 결과 예멘과 시리아 등에서의 내전이 종식되었고, IS와 알카에다 등 무장세력들이 지리멸렬하게 되었다.

그 후엔 미국과 이스라엘 등의 매파 인사들이 뇌사상태로 발견되는 일이 속출하고 있다.

중동에 평화가 깃들고, 테러단체들의 세(勢)가 급격하게 줄어들자 다들 한국을 예의 주시하고 있다.

에이프릴 증후군의 주범이라 생각하는 때문이다.

미국의 경우엔 대통령 선거가 있었으니 에이프릴 증후군을 전파시킨 책임을 묻고 싶었을 것이다.

지지율과 관련되어 있는 중차대한 일이긴 하다.

가장 먼저 언급된 것은 경제 보복이다. 하지만 한국은 국제적으로 완전 고립 상태이다.

수출도 수입도, 입국과 출국도 완전히 봉쇄되었다.

지난 9월 천지건설 임직원들의 아제르바이잔 출장 외에는 외교관들조차 입출국한 기록이 없다.

비행기를 타고 나갈 수는 있을 것이다. 하지만 착륙을 허가해주는 공항이 없다.

지난 9월 어느 날, 김해공항에서 자가용 비행기 한 대가 이륙했다. 제주도로 간다던 이것은 곧장 일본으로 향했다.

그 결과 한국과 일본 양국의 공군기가 출동하는 헤프닝이 빚어졌다.

어찌어찌 오사카 간사이공항 인근까지 갔으나 관제탑에선 착륙을 절대 허가할 수 없다 하였다.

이에 조종사는 연료가 떨어질 것 같다고 엄살을 부렸지만 끝내 착륙하지 못했다. 결국 이 비행기는 부산으로 되돌아왔고 조종사와 승객 모두 구속되었다.

참고로 이 자가용 비행기는 어느 기업 소유였고, 탈출을 시도한 것은 친일파의 후손인 어느 정치인 가족이었다.

이들은 조만간 법정에 서게 될 것이며 국가반역죄 적용이 신중히 검토되고 있다. 국방과 관련된 정부 기밀문서를 소지하고 있었기 때문이다.

일본은 탑승객이 이 정치인 가족이라는 걸 알고 있었다. 그럼에도 받아들일 수 없었던 이유가 있다.

현재의 한국인 또는 한국에서 온 사람들은 병균 투성이인 것으로 인식하고 있는 것이다.

그 때문인지 몰라도 한국 상장사 주가와 원화 가치, 그리고 각종 부동산의 값이 대폭락한 상태이다.

밖에서 보기에 한국은 거의 멸망단계에 접어든 상태이다.

불과 두어 달 사이에 200만 명 이상이 사망하였으니 툭 건드리기만 해도 바로 자빠질 것 같다.

인구의 4%가 줄어들었기에 일종의 패닉 상태에 빠진 걸로 보인 것이다. 하지만 대다수 국민들은 에이프릴 증후군을 두려워하지 않는다.

부정부패 또는 특정종교와 관련 있지 않으면 걸리지 않는다는 것을 눈치 챈 것이다.

어쨌거나 외부에서 보는 대한민국은 완전 허약체질이다. 그럼에도 전혀 손을 쓸 수가 없다.

코스피와 코스닥에 상장된 주식은 거래량이 거의 없다. 매물도 없고, 매수하겠다는 기관이나 사람도 없다.

모두가 투매하듯 던져 버렸는데 이를 사들인 사람들이 꽉 쥐고 내놓지 않기 때문이다. 하여 주가 조작조차 불가능하다. 매물이 없는데 무얼 할 수 있겠는가!

현재는 공매도조차 불가능한 상황이다.

하여 외환 보유고를 고갈시켜 파탄에 이르게 하려 대출금 회수를 요구했다.

그러자 기다렸다는 듯 몽땅 상환했다.

마침 Y-그룹 계열사들의 자본금과 천지건설이 보유하고 있던 아제르바이잔 신행정도시 건설공사와 유화단지 건설공사 계약금이 있었기에 가능했던 일이다.

여기에 일본 정부에서 Y-PS에 계약금으로 보낸 425억 2,600만 달러가 더 있었다.

이것들이 없었다면 대한민국은 모라토리엄(Moratorium)[14] 또는 디폴트(Default)[15]를 선언했어야 할 것이다.

아무튼 대한민국의 외채는 이제 없다. 하여 외국에선 보유한 외환이 거의 없을 것이라 짐작하고 있다.

하지만 이는 희망사항일 뿐이다.

현수의 개인 재산뿐만 아니라 세상에 전혀 알려지지 않은 The Bank of Emperor가 건재한 때문이다.

14) 모라토리엄 : 한 국가가 경제·정치적인 이유로 외국에서 빌려온 차관에 대해 일시적으로 상환을 연기하는 것
15) 디폴트 : 민법상 채무 불이행을 의미하며, 국가부도를 의미함

어쨌거나 외화가 고갈되었다면 수입대금 지불이 어려워야한다. 그런데 아예 수입 자체를 하지 않는다.

사들이는 것이 없으니 외환 자체가 필요 없다. 어떻게 해볼 도리조차 사라진 것이다.

한편, 한국 상황을 보도해야 할 언론사들은 모두 망했다.

돈만 쥐어주면 언제든 진실을 왜곡하여 주문자 입맛에 맞도록 여론을 호도해 주던 기레기들이 가장 먼저 뒈졌다.

'죽었다', '사망했다'가 아니라 '뒈졌다'가 맞다.

참고로, '뒈지다'는 '죽다'를 속되게 이르는 표준어이다.

'기레기들이 뒈졌다'고 하는 건 죽음이라는 평범한 단어조차 누릴 가치가 없는 '쓰레기들을 폐기한' 것이기 때문이다.

그와 동시에 내부에서 보도 방향을 제시하던 데스크와 경영진까지 모조리 뒈졌거나 몹시 아프다.

특히 대표적인 쓰레기 언론사라 불리던 A일보는 사주일가 전체가 저승행 특급열차에 승차했다.

사주는 물론이고 직계 모두가 죽었다. 배우자 포함이다. 아울러 사촌 이내의 모든 혈족들까지 몽땅 사망했다.

이들의 영혼은 현재 지옥에서 울부짖고 있다. 징벌하는 이가 아직 인식하지 못하고 있는 때문이다.

도로시가 현수에게 사망자 명단을 보고하는 순간 영혼이 말살될 예정이다.

이것들이 남긴 재산은 얼마 되지 않는다.

금융 재산은 이미 고갈된 상태였고 부동산은 집 하나 간신히 남겼는데, 그나마 가격이 폭락하여 수십 년 전에 매입한 가격 수준이다.

그나마 밀린 임금을 지불하지 않아 압류된 상태이니 조만간 경매로 나올 예정이다.

*   *   *

아무튼 이들의 사망 이유는 모두 에이프릴 증후군이다.

죽기 직전까지 극심한 고통을 겪으며 비명을 지르던 것이 공통점이다.

A일보와 더불어 대표적인 쓰레기 언론으로 평가되던 B일보도 성치 않다. 임시직이나 계약직 사원 중 일부만 멀쩡할 뿐 96%가 선조들 앞으로 끌려가 회초리로 맞고 있다.

조만간 대(代)가 끊기게 되는 것에 대한 처벌이다.

재벌계열 언론사 C일보도 크게 다르지 않다. 사주일가 전원과 경영진 등 95%가 세상을 떠났다.

D방송사는 보도본부 소속 95%가 죽었고, E는 91%, F는 88%가 밥숟가락을 영원히 놨다.

종편 방송사 중 쓰레기 보도를 일삼던 곳들 역시 비슷한 수치이며, 다들 망한 상태이다.

현재는 을씨년스러운 건물만 남아 있는데, 체불된 임금 및 퇴직금 그리고 미지급 거래대금 때문에 가압류 상태이다.

어쨌거나 2015년에 언론사가 100개 있었다면 현재는 1.5개 정도만 남았다. 기업 광고가 완전히 끊겼기에 다 망했고 일부 종교 관련만 남았을 뿐이다.

하여 인터넷이나 유투브에 올라오는 동영상 등으로만 내부 상황을 짐작해야 한다. 그나마 양이 많지 않다.

악질적인 가짜 뉴스를 생산하던 쓰레기들을 모조리 병상 또는 납골당으로 보낸 에이프릴 증후군 때문이다.

아무튼 경제 보복이 불가능하니 일부에서 폭격도 불사하자는 의견이 대두되었지만 실행에 옮겨지지는 않았다.

현재는 대한민국을 공격할 상황이 아니다. 에이프릴 증후군의 제대로 된 온상(溫床)인 상태이기 때문이다.

폭탄을 떨구면 그 즉시 보트피플들이 쏟아져 나오게 된다. 하여 가장 가까운 일본에선 이를 지극히 경계하는 중이다.

피난민에 의한 에이프릴 증후군이 스머드는 걸 저어하는 것이다. 그럴 경우를 대비한 명령은 이미 내려졌다.

— 한국에서 떠난 배가 보이거든 모조리 침몰시켜라!
— 생존자가 있어도 절대로 구조하지 말라!
— 이 명령을 어기는 자는 사형에 처한다.

일본뿐만 아니라 대만 등도 보트피플을 경계하고 있다.

하여 한국인의 밀입국을 막기 위해 일본과 대만 등의 군함들이 한반도를 에워싸고 있다.

바다로 나아갔다가 그들과 마주치면 경고사격을 받고 회항하는 수밖에 없다. 협상의 여지가 조금도 없기 때문이다.

뜻을 이루지 못하고 되돌아오는 배들은 선박 운항중지 처분이 된다. 아울러 밀항을 시도했던 것들은 잡히는 족족 구치소로 보내지고 있다.

워낙 여론이 흉흉하였기에 법원에서는 특별 전담반을 만들어 신속 재판을 진행하고 있다.

이들은 법률 제 12421호 출입국관리법 중 밀항단속법을 적용하여 징역 3년에 처해진다.

밀항을 알선한 자 역시 징역 3년이며, 돈을 받고 밀항에 나선 선장은 징역 5년, 그리고 밀항에 사용된 선박은 몰수다.

법원에 서식하던 썩어빠진 것들이 솎아내졌기에 벌금형이나 집행유예 등으로 선처하는 판결은 거의 없을 것이다.

그러면 에이프릴 증후군에 걸려 한 방에 훅 가게 된다는 걸 임상적으로 경험한 때문이다.

어쨌든 한국을 폭격하자는 의견은 쑥 들어갔다.

한편, 대유행이 시작될 즈음 거의 모든 국가 외교관들이 철수했다. 외교도 중요하지만 더 중요한 것이 목숨인 까닭이다.

다만 주한 미군은 예외이다.

같은 시기의 지나에 엄청난 폭우가 계속되었다.

발전소가 모두 멈추자 세계의 공장 또한 멈춰 섰다. 그리고 곧바로 전염병 창궐과 식량 부족으로 진행되어 갔다.

자체 수확 또한 멈춰 선 때문이다.

한편, 서해는 동해나 남해에 비해 염도가 낮다. 한국과 지나의 강물이 그쪽으로 흘러드는 때문이다.

그런 서해의 염도가 뚝뚝 떨어져 거의 민물에 가까워지던 시기의 황하와 양자강 하류는 배를 대는 것조차 힘들 정도로 물살이 거셌다. 고기잡이를 할 수 없을 정도였다.

이때의 지나는 보유하고 있던 외환을 풀어 구호물품과 곡물 등 식량을 사들였지만 역부족이었다.

수요가 공급을 훨씬 앞질렀고, 이 시기에도 공산당원들의 부정부패 실력이 나날이 발전하고 있었던 때문이다.

다시 말해 인민들이 굶고 있으니 해외에서 식량을 사오라고 돈은 주면 대부분 제 주머니에 쑤셔 박았다는 뜻이다.

2015년 8월, 신화통신이 다음과 같이 보도하였다.

부정부패 혐의로 재판을 받은 곡준산(谷俊山) 전 인민해방군 총후근부 부부장이 사형유예 2년을 선고받았다는 것이다.

그의 계급은 중장이었다. 그런데 무려 5조 4천억 원이라는 천문학적인 규모의 부정부패를 저질렀다.

그가 머물던 장군관저 지하엔 어마어마한 양의 금괴 등이 은닉되어 있었다. 인간의 욕심이 끝이 없다는 걸 증명한 참으로 대단한 놈이다.

2014년엔 철도부장 유지군(劉志軍)이 체포되었다. 그는 374채의 부동산을 보유하고 있다가 잡혀들었다.

어느 시골구석의 허물어져가는 집이 아니다. 한국으로 치면 서초동, 청담동, 한남동의 고가 주택들이다.

북경엔 평당 2억 4,000만 원짜리 집도 있다. 40평짜리라면 96억 원이라는 뜻이다.

유지군이 보유했던 주택은 북경, 홍콩, 상해, 심천 등 집값 비싸기로 이름난 도시에 널려 있었다.

유지군의 일화 중 하나는 '신홍루몽'이라는 드라마에 출연한 여배우 12명 전부로부터 성상납을 받은 것이다.

이 정도면 발정난 개새끼나 다름없다.

아무튼 집 한 채당 30억 원씩 잡으면 1조 1,220억 원이고, 50억 원씩이라면 1조 8,700억 원이다.

그런데 집으로만 재산을 축적했겠는가!

현금 및 금은보화, 그리고 골동품 등은 어디에 얼마나 감췄는지는 알려지지 않았다.

수사 도중 누가 꿀꺽했다는 소문이 돌았으니 누군가의 주머니로 들어갔을 확률이 매우 높다.

그것까지 다 합치면 곡준산 못지않을 것이라는 것이 세인들의 평가이다.

일개 장성급 인사들이 조 단위 부정을 저지르니 이보다 더

상위 계급의 공산당원들은 어떠하겠는가!

도로시는 현수의 지시를 받아 지나의 검은돈들 또한 거둬들인 바 있다. 그때 20조 원에 가까운 외화를 해외로 빼돌렸던 자가 있었다.

곡준산이나 유지군보다 높은 계급에 있던 자이다. 현재 이 돈은 The Bank of Emper의 자산이 되어 있다.

어쨌거나 어렵게 구해온 구호물자 및 식량은 굶주린 인민들에게 공급되는 대신 모처의 창고로 옮겨졌다.

식량 가격이 폭등하면 내다 팔려고 한 것이다. 하지만 이것들은 삼협댐 붕괴 시 홍수에 휩쓸려 사라졌다.

성난 인민들이 폭동이라도 일으킬 기세가 되자 지나 정부는 주변 국가 침공으로 눈을 돌렸다.

궁여지책으로 약탈을 획책하려던 것이다.

삥을 뜯을 만한 곳으로 러시아와 인도가 있었지만 둘 다 건드리면 안 되는 나라이다.

거꾸로 당할 수도 있기 때문이다.

나머지 주변국들은 대부분이 가난했지만 딱 하나 베트남만은 뜯어먹을 게 있어 보였다.

몇 년째 눈부신 경제 성장을 거듭하던 중이었기 때문이다.

이를 눈치 챈 베트남은 순순히 당할 수 없다는 듯 국경에 모든 병력을 집결시켰다. 베트남에 공장을 세웠던 한국 기업이 정보를 제공한 결과이다.

지나 입장에서 보면 서쪽으로는 험준한 산맥이 가로막고 있고, 북쪽은 러시아가 버티고 있다.

남쪽의 울창한 밀림과 우기(雨期)는 걸음을 막으니 남은 건 한국 뿐이다. 허수아비나 마찬가지인 북한을 통과하는 건 식은 죽 먹기라 생각했다.

같은 시기의 한반도는 이상하리만치 온화한 나날이었다.

폭우는커녕 세찬 빗줄기조차 구경하기 힘든 화창한 날씨였던 것이다. 하여 은밀히 침공 준비를 지시하였다.

그런데 전 세계의 모든 통신을 감청하고 있던 미국이 어찌 이를 모르겠는가!

하여 주한 미군 병력을 감축하거나 귀환시킬 수 없었다.

그런데 어느 날부터인가 미국의 전 · 현직 고위 인사들이 원인 모를 뇌사 상태가 되기 시작했다.

미국에도 에이프릴 증후군이 상륙한 것이다. 이에 주한 미군의 이동이 엄격히 제한되었다.

휴가 또는 공무 등의 사유로 귀국했던 이들로부터 전염이 시작된 것 같다는 보고가 있었던 결과이다.

주한 미군을 비롯한 CIA 등은 한국의 상황을 제대로 파악할 수 없었다. 활동반경이 심각할 정도로 위축된 때문이다.

평소 안면이 있었거나 돈 좋아하는 기레기들이라도 멀쩡했다면 어떻게든 알아냈겠지만 그놈들은 다 뒈졌다.

따라서 폭격을 하더라도 결과를 확인할 수 없다. 하여 두고 보는 중이다.

'기레기와 더불어 썩어빠진 정치인, 법조인, 군인, 공무원, 교수, 기업인 등의 제거작업은 거의 완료단계예요.'

'그래? 그거 괜찮은 소식이네.'

'네! 신일호 형제가 정말 열심히 작업했어요.'

'그래, 잘했는데 줄 상이 없네.'

하긴, 휴머노이드에게 뭘 줄 수 있겠는가!

신일호 형제는 인간이 가진 오욕칠정이라는 것이 없다. 즉 식욕, 수면욕, 색욕, 물욕, 명예욕이 전혀 없다.

2010년에 입적한 법정스님의 무소유를 완전무결하게 실현하고 있는 존재들이다.

게다가 도로시 다음 단계로 프로그래밍이 되어 있다.

개개 항목을 조절하는 것은 가능하지만 추가로 업그레이드할 일이 없는 것이다.

'보시게 되면 칭찬 한마디 해주시면 될 거예요.'

그래봤자 별다른 반응이 없을 것이지만 그래도 해주는 게 좋을 것이다. 인공지능에게 좋은 영향을 주기 때문이다.

'알았어. 그나저나 나노봇 재고 상황이 개선되는 거니까 조금 더 적극적으로 치워.'

'진심이시죠?'

'내가 언제 농담을 즐겼나?'

'아뇨! 그렇진 않지만 벌써 많이 죽었어요.'

인구가 200만 명 이상 줄어들었다. 마땅히 죽을죄를 지은 놈들을 치운 것뿐이지만 그래도 숫자가 너무 많다.

'그렇다고 쓰레기를 안 치워? 썩어가는 걸 지켜만 보자고? 내가 더 말하기 전에 알아서 청소해.'

'…네. 알았어요.'

현수의 말처럼 알아서 청소해 놓지 않고 있다가 심기를 거스르는 일이라도 빚어지면 훨씬 많은 것들을 쓰레기통에 버려야 함을 알기에 한 대답이다.

'내친김에 조직폭력배 청소도 시작해.'

'네?'

'폭력으로 사회 질서를 어지럽히는 놈들 제거하라고.'

'……!'

도로시는 잠시 대꾸하지 않았다.

'너무 많이 죽어요.'

'알았어! 딱 10만 명만 제거해.'

'에? 200개파 5,500명밖에 없는데요?'

'그럴 리가 있어? 그거 경찰이 추산한 수치지?'

'…네.'

도로시의 대꾸는 살짝 늦었다. 뭔가 감추는 것이다.

'도로시가 파악한 건 몇 놈이나 되는데?'

'으음, 388개파 9만 2,617명이요.'

'그중에서 얼마를 제거하면 조폭이 완전히 사라질까?'

'……!'

또 대답이 없다. 계산하기 어려워서가 아니다. 개과천선이 얼마나 어려운지 너무도 잘 알기 때문이다.

폭력을 휘둘러 타인으로 하여금 위압감을 느끼게 하거나 그의 신체를 상하게 하는 것만 조폭이 아니다.

협박을 가해 남의 재물을 갈취하거나, 여성들의 신체를 우악스럽게 유린하는 것 또한 조폭이 하는 짓이다.

악질인 인간이 회개할 확률은 311억 8,657만 7,780분의 1이다. 한없이 제로에 수렴하니 절대로 일어나지 않을 일이나 마찬가지이다.

여기에 피해자들로부터 진심이 담긴 용서를 받으며, 다시는 폭력 근처에도 안 갈 확률까지 더해보면 답이 없다.

다시 말해 한번 나빠진 본성은 결코 고쳐지지 않는다.

방금 전 도로시가 언급한 인원은 한 번이라도 폭력을 휘둘러 앞에 언급된 일을 했던 자이다.

현수의 성품을 알기에 일찌감치 명단 작성을 끝냈으며 현재의 위치까지 파악하고 있다.

'9만 2,617명을 10% 단위로 끊어서 최상위 악질 10%는 리미트 해제한 캔서봇을 줘.'

'시작은요?'

'1기로 시작해서 6개월 단위로 하나씩 올라가도록 해.'

처음 6개월은 1기, 다음부터는 6개월 단위로 2기, 3기, 4기의 순으로 올리라는 것이다. 그리고 2년이 되면 사망한다.

물론 고통은 조금도 경감되지 않는다.

'알겠어요. 그럼 나머지 90%를 어떻게 해요?'

'차례로 데스봇 레벨 6부터 시작하여 레벨 1까지 투입해.'

데스봇 레벨 2는 극심한 근육통을 겪는 동안 근육이 감소된다. 하여 5년 후엔 일어설 수조차 없게 된다.

다만 근육통을 이겨내면서 계속 근력 운동을 하면 생존 기간이 조금 더 늘어날 수 있다.

'하위 30%는 용서해 주시는 건가요?'

'그럴 리가 있겠어? 폭력을 휘두르던 놈들인데. 하지만 일단은 놔둬. 나중에 처벌할 테니까.'

'나중에요? 네, 알겠어요.'

이번 대답은 재빨랐다. 하위 30%는 목숨을 잃지 않게 된 때문이다.

Chapter 12
—
조폭들 큰일 났다

'외국인 조폭도 정리해야지.'

'……!'

또 대답이 없다.

'일전에 대한민국에 외국인 조폭들이 많다고 했지? 지나한족과 조선족 조폭도 있고, 베트남, 방글라데시, 콜롬비아, 태국, 필리핀, 이집트, 모로코, 튀니지 등에서 온 것들 말이야.'

'네, 상당히 많이 있어요.'

도로시의 음성은 맥이 빠져 있었다.

6개월 전쯤 지나가는 말로 했는데 그걸 기억할 것이라곤 생각지 못했던 모양이다.

하지만 현수가 누구인가!

인류 역사상 최고이며, 전무후무할 두뇌를 가졌다.

언제든 원주율을 외워보라고 하면 소수점 이하 2,000짜리까지 쉬지 않고 읊을 능력을 가졌다.

아무튼 조선족 조폭은 장기 밀매, 보이스 피싱, 카지노, 유흥업 등을 하고 있다.

청부폭력과 청부살인도 하는데, 팔 절단은 250만 원, 다리 절단 500만 원, 청부살인 1,000만 원이다.

베트남 조폭들은 납치, 인신매매, 국제결혼, 고리대금에 관여하고 있다.

필리핀은 살인 청부, 태국과 콜롬비아, 이집트 등은 마약 밀반입으로 한국 사회를 어지럽히고 있다.

이밖에 일본과 러시아 폭력 조직도 활개치고 있다.

'모조리 지워!'

어찌 무슨 뜻인지 모르겠는가!

'전부… 다요?'

'응! 전부. 데스봇 투여해. 특히 지나에서 온 한족과 조선족은 레벨 8에 맞춰! 나머진 레벨 7로 하고.'

다 죽으라는 뜻이다. 그리고 현수의 음성은 단호했다.

'일본과 러시아도 있는데……'

왜 러시아만 쏙 뺐느냐는 뜻이다.

'쪽발이도 데스봇 투여해. 그리고 러시아 애들은 조만간 모두 철수할 거야.'

푸틴과 더불어 레드마피아 양성화에 관한 의견을 주고받을 때 한국에 진출해 있는 조직원들이 귀국했으면 좋겠다는 말을 한 바 있다.

이에 푸틴은 거의 즉각적으로 고개를 끄덕였다.

"알겠네. 그리하지."

"최대한 빨리 부탁합니다."

"염려 놓으시게."

푸틴은 고개를 끄덕이고는 비서실장을 불러들였다. 그러곤 즉각적인 귀환을 명령했다.

다만 에이프릴 증후군이 창궐해 있는 한국으로부터의 귀국이니 바로 입국시키지 말라고 하였다.

출국 순간부터 15일간 여객선에 따로 격리시키도록 한 것이다.

이 명령은 곧장 레드마피아의 새로운 보스가 된 빅토르 아나톨리에스키에게 전달되었다.

제아무리 러시아의 밤을 지배한다고 하지만 레드마피아는 결코 정부군 상대가 못된다.

하여 얼마를 손해 보든 즉각 귀환하라는 지시가 내려졌다.

그 결과 둘이 대화를 하는 현재 한국에 머물고 있던 레드마피아 단원 거의 모두 부산 국제여객터미널로 향하고 있다.

그곳엔 1,000여 명이 승선할 수 있는 슬라바(Слава)호가 접안하는 중이다.

참고로, 슬라바는 러시아어로 '영광'이라는 뜻이며, 이 배는 러시아 정부가 급파한 여객선이다.

출항하면 곧장 블라디보스토크로 항해할 예정이다.

'우크라이나에 안티발드 제조 공장 짓기로 한 거 알지?'

'그럼요! 도면 준비할까요?'

'그래! 근데 원료는 우크라이나에서 공급받는 걸로 하자.'

'에? 자치령에서 안 하고요?'

'뭐 얼마나 된다고 그것까지 우리가 해. 그러니까 그걸 감안한 계획을 짜서 보여줘.'

'네! 잠시만요.'

잠시 후 도로시가 보여준 배치도를 본 현수는 고개를 끄덕였다. 현재 개설되어 있는 도로까지 감안 되어 있기에 마음에 든 것이다.

안티발드 제조공장은 자치령 바로 안쪽에 조성된다. 인근엔 직원들을 위한 아파트 단지가 배치되어 있다.

원료 투입과 완성품 반출 이외엔 거의 전자동이므로 채용 인원은 그리 많지 않다.

하여 학교까지는 짓지 않지만 그래도 사람 사는 곳이 될 것이니 기본적인 근린시설이 갖춰지도록 계획되어 있다.

적정 규모의 슈퍼마켓, 약국, 세탁소, 사우나, 자동차 정비소 등이 고려된 것이다.

이것들은 향후 확장까지 염두에 둔 위치에 배치되어 있다. 과연 도로시이다.

'이것들 운영까지 우리가 하는 거 아니지?'

'그럼요. 우크라이나 정부나 민간에 위탁하면 되요.'

'그래, 우리가 다 할 수는 없는 거니까.'

전쟁이 끝난 우크라이나는 양질의 일자리가 많이 필요하다. 하여 양보하는 마음인 것이다.

'벨라루스 쪽은 어때?'

도로시가 뭐라 대꾸하려는 순간 노크 소리가 들린다.

똑, 똑, 똑―!

"누구……? 들어와."

문이 열리곤 지윤의 고개가 쑥 들어온다.

"전무님! 아니, 자기야."

"어, 왜?"

"뭐 하세요? 저랑 커피 한잔할래요? 아님 술이라도……?"

"이제 곧 잘 시간이니 커피보다 술이 낫지."

대답을 하자마자 그럴 줄 알았다는 듯 쟁반을 들고 들어선다. 간단한 마른안주와 투명한 술병이 올려져 있다.

마른안주는 꿀벌이 아몬드에 꿀을 입히는 그림이 그려진

허니버터 아몬드와 진미채, 그리고 땅콩 캔이다.

한국에서 올 때 가져온 게 아직도 남아 있었던 모양이다.

"자기하고 상의하고 싶은 게 있어서요."

"상의? 뭔데?"

"자기가 말했던 파티 말이에요. 아무래도 할리우드 쪽 사람을 불러야 할 거 같아서요."

"그래? 그럼 그렇게 해. 아무래도 경험자들이 잘하겠지."

"호호! 네에."

지윤은 원하던 대답을 들었다는 듯 활짝 웃고는 술병을 집어 든다. 현수는 무심한 척 받아 들고는 뚜껑을 땄다.

따다닥—!

"지윤 씨도 한잔할 거지?"

"네. 그럼요! 저도 주세요, 헤헤."

기분이 좋은 모양이다.

"미리 말하지만 이거 도수 높은 거야."

지윤이 가지고 온 것은 메도프 디아만트라는 것으로 40도짜리이고, 700밀리리터가 담긴 것이다.

술이 약한 지윤은 한 잔만 마시면 훅 갈 것이다.

"에이, 괜찮아요."

지윤은 짐짓 호기롭게 잔을 내민다.

돌돌돌돌—!

술이 따라지자 주향이 확 번진다.

후각 예민한 현수는 보지 않고도 독한 술이라는 걸 알아차렸지만 지윤은 모르는 모양이다.

"자아! 한잔해요."

"그래!"

챙―! 쭈우욱―!

가볍게 잔을 부딪치고는 단숨에 잔을 비운다.

"크흐윽―!"

지윤이 목을 잡으며 인상을 찌푸린다.

공부만 하느라 음주가무와 거리가 멀었던 인생인지라 한 번도 경험해 보지 못한 알코올 도수였던 모양이다.

"에고……!"

나직이 혀를 차고는 현수 역시 잔을 비웠다. 지윤에게는 독주일지 모르지만 현수에겐 효력을 발휘하지 못했다.

하여 빈 잔에 다시 술을 채우고는 또 단숨에 비웠다.

"이것도 같이 드세요."

지윤이 내민 건 짭짤한 진미채였다.

"오징어채? 이거 먹으면 또 양치해야 하는데."

"또 하시면 되죠."

"…그래, 그럼 되지."

현수가 진미채를 씹어 삼키는 동안 지윤은 얼음을 꺼내 왔다. 스트레이트로 마시는 건 너무 부담스러운 것이다.

몇 순배(巡杯)가 도는 동안 지윤의 두 볼을 잘 익은 능금처

럼 붉게 달아올랐다. 그러던 어느 순간 슬쩍 현수의 눈치를
살핀 지윤이 짐짓 하품을 한다.

"하암! 졸리네요. 저, 여기서 자도 되죠?"

이게 목적이었던 모양인 듯 숨죽여 대답을 기다린다. 무심
한 현수는 침대를 한 번 바라보고는 고개를 끄덕인다.

"응? 으응! 그렇게 해. 침대 넓어."

현수는 별 뜻 없이 한 말이지만 지윤은 아닌 모양이다.

"그럼 이 잔만 비우고 자요."

"그러자, 오늘 피곤했지?"

"네! 조금요."

말은 이렇게 했지만 진짜 많이 피곤하다. 육체적 정신적 피
로가 겹친 결과이다.

지윤이 먼저 잔을 비우고 일어선다.

"저 먼저 씻을게요."

"응? 그래, 그럼."

지윤이 욕실로 들어간 후 현수는 계속 잔을 비웠다. 도로
시의 보고가 이어지고 있었던 때문이다.

'폐하! 긴급 보고예요.'

'또 긴급? 좋아, 이번엔 뭔데?'

'CIA가 폐하의 계좌를 뒤지고 있어요.'

'뭐? CIA에서……? 대체 왜?'

얼마 전에 언론사에서 현수의 재산을 파악하기 위해 움직

였다는 보고를 받은 바 있다.

이유를 물었더니 기사를 쓰기 위한 목적인 듯하다는 말에 그냥 내버려 두라고 했다.

얼마 지나지 않아 현수의 개인 재산에 관한 기사가 실려 세상이 떠들썩했다. 2016년 9월 24일의 일이다.

기사 내용은 불과 1년도 안 되는 사이에 1,000만 달러가 무려 2,258억 7,000만 달러로 늘어났다는 것이다.

이후 10월 19일 인터내셔널 이코노믹이 세계 부자 순위 톱3의 보유 재산을 다시 보도하였다.

현수는 부동의 1위였고, 재산은 8,506억 달러로 늘어났다. 2위 아만시오 오르테가보다 10.7배나 많다.

한 달도 안 되는 사이에 무려 3.7배로 뻥튀기되자 그간의 엄청난 수익률이 세인의 이목을 끌었다.

11월인 현재는 1조 달러를 돌파한 상태이다.

'거기서 내 재산을 왜 조사해? 이유가 뭐야?'

'러시아와 협력 관계를 맺은 것 때문인가 봐요.'

CIA는 현수, 아니, 하인스 킴을 예의 주시하고 있었다.

아제르바이잔에서 대통령 뇌동맥류에 손을 댄 이후부터는 더욱 본격적이 되었다.

혹시 문제가 될 만한 구석이 있는가를 따져본 것이다.

미국 증시와 선물시장 등에서 얻은 수익도 상당히 많았던 때문이다. 하지만 아무런 트집도 잡을 수 없었다.

누가 봐도 100% 합법적인 투자였던 것이다. 탈법은 물론이고, 편법의 흔적조차 보이지 않았다.

하여 보고만 있었는데 푸틴과 회동한 이후 조차에 관한 소문이 번지자 촉각을 곤두세웠다.

러시아는 현재 저유가로 인한 경제 위기를 겪는 중이다.

지난 2014년엔 루블화 가치가 최악의 하락세를 보였다.

달러화 대비 45%나 폭락했는데 이로 인해 경제가 크게 둔화되어 많은 어려움을 겪고 있다.

동시에 러시아 최대 수출품목인 석유의 가격이 12개월 이상 50%나 감소하면서 쇠퇴를 향한 가속페달을 밟게 하였다.

고유가의 호황을 누리는 동안 지나친 석유 경제 의존도를 낮췄어야 하는데 그러지 못했기에 대안이 없었다.

그 결과 소비자와 기업 모두에게 큰 영향을 주었으며 금융계 역시 전망이 부정적이다.

러시아 주식시장인 RTS인덱스 역시 큰 타격을 받았다.

모든 것이 위축되자 러시아의 국제적 위상은 예전 같지 않게 되었다. 더불어 추가 금융 위기설이 솔솔 번지는 중이다.

덕분에 미국은 러시아를 견제하는 데 쏟을 시간과 물자를 훨씬 덜 써도 되는 이점을 누리고 있다.

그러던 차에 하인스 킴에게 방사능 정화를 대가로 대규모조차지를 제공할 것이라는 첩보가 보고되었다.

아울러 쇠퇴해버린 자동차 공업을 되살리는 프로젝트가 시작된다는 내용도 첨부된 보고이다.

게다가 2,000억 달러에 이르는 통화스와프를 제공한다는 말에 비상이 걸렸다.

러시아 견제를 위해 준비했던 프로그램들을 대폭 수정해야 하는 상황이라는 걸 인식한 것이다.

이에 첩보기관들은 하인스 킴에 대한 정밀 내사에 들어갔다. 조금이라도 꼬투리가 잡히면 납치라도 할 생각인 것이다.

불행히도 이들의 상대는 도로시 게일이다.

디지털 세계의 절대자인 도로시는 적절한 대응으로 보여주고 싶은 것만 볼 수 있도록 하고 있다.

그래서 꼬투리라 할 만한 것을 전혀 찾지 못하고 있다.

＊   ＊   ＊

Y—인베스트먼트 본사는 바하마에 있고, 법인 주소는 현재 다이안이 머물고 있는 저택이다.

이곳은 수차례나 불법 침입을 당했다. 하지만 잃은 것은 전혀 없다. 애초부터 아무것도 없던 곳이니 당연한 일이다.

다이안이 머무는 동안에만 인적이 있을 뿐 평상시엔 관리인 조차 출입하지 않기 때문이다.

침대나 소파 등 집기와 가구가 있기는 하지만 전혀 사용치 않으며, 종이 한 장, 볼펜 한 자루도 없는 곳이다.

게다가 하인스 킴에게는 가족, 친척, 친구가 없다. 그야말로 혈혈단신이다. 따라서 약점이 전혀 없다.

한국의 천지건설과 상당히 밀접하긴 하지만 현재로선 조사 불가능이다. 파견을 명령하면 사표를 내는 때문이다.

외부에서 보는 한국은 단기간에 200만 명 이상이 괴질로 목숨을 잃은 죽음의 땅이다.

어떤 경로로 전파가 되는지, 전염성은 얼마나 높은지 전혀 알지 못한다. 미국 고위급 인사들도 상당수가 뇌사 상태이고, 이스라엘도 9,000명 이상이 쓰러진 상태이다.

세계의 경찰 노릇을 하고 있는 미국은 생각 외로 겁쟁이들 이 많다.

그 예는 월남전에서 찾아볼 수 있다. 그때의 미군은 납득하 지 못할 만큼 많은 물량을 소모했다.

나중에 계산해 보니 베트콩 하나 잡는 데 들어간 평균 비 용이 무려 33만 2,000달러이다.

포병들은 하루 평균 10,000발씩 쏘아댔고, 소총수들은 M16을 자동으로 놓고 갈기곤 했다.

베트콩이 확인되면 소총부대 진입 전에 포격 지원을 요청 하여 200발쯤 퍼부어 놓고 전진했다.

압권은 B-52이다. 이 폭격기가 호찌민 루트의 베트콩 하나 잡는데 소모한 폭탄 양이 무려 100톤이다.

계산해 보면 20억 달러를 소모하여 베트콩 1,500명을 사살한 셈이다. 겁쟁이라서 이렇다.

이러니 한국으로 파견하겠다고 하면 관두겠다는 사표를 보게 되는 것이다.

따라서 하인스 킴에 대한 정밀 내사는 별 진전이 없다.

미국에 발을 들여놓은 적이 없고, 미국에 지인이 있는 것도 아니며, 미국에 근거지가 있는 것도 아니다.

딱 하나 있다면 유니버설 뮤직의 힙합 레이블인 아일랜드 데프 잼 레코딩스로부터 저작권료를 받고 있는 것이다.

이건 작사, 작곡한 곡에 대한 정당한 대가이다.

발표된 곡이 늘어남에 따라 점점 더 금액이 상승하고 있는데 이걸 차단해봐야 별 의미가 없다.

막을 이유도 없지만 현수의 금융재산이 워낙 많기에 새 발의 피 정도이다. 하여 열심히 째려보기만 하고 있다.

'자동차 엔진 공급까지는 알지만 레드마피아 양성화를 위해 항온의류 독점판매권을 준다는 건 아직 모르나 봐요.'

'그래?'

시큰둥한 대꾸였다. 미국이 알아봤자 어쩔 것이냐고 생각하는 때문이다.

'참! 남한에서의 청소작업이 웬만큼 진행되면 휴머노이드

하나를 북한으로 보내.'

'네! 알아요.'

'어떻게 하려는 건지 알지?'

'그럼요! 걱정 마세요.'

'그리고…….'

현수가 말을 이으려 할 때 욕실 문이 열린다.

딸깍—!

"아아! 시원해라."

지윤은 샤워 타월로 몸을 가린 채 발끝을 내딛는다. 머리
엔 수건이 둘둘 말려 있다.

"다 씻었어?"

"네! 조금 오래 걸렸나요?"

"아니! 별로……. 이젠 내가 씻을 차례네."

자리에서 일어선 현수는 남아 있던 잔을 비우고는 욕실로
향했다.

문을 여니 왼쪽엔 화장실, 오른쪽엔 샤워실이 있고, 맞은편
엔 파우더 룸과 옷장이 갖춰져 있다.

그 안에는 두 벌의 파자마와 샤워가운이 가지런 걸려 있다.
색상으로 미루어 짐작컨대 남성용과 여성용이다.

지윤은 이걸 못 보았던 모양이다. 문득 은은한 향내가 느껴
진다. 아마도 샤워코롱이라도 뿌렸던 모양이다.

느긋하게 샤워를 마친 현수는 남성용 파자마 차림으로 나

왔다. 술과 안주가 남아 있던 탁자 위는 말끔하게 정리되어 있었고, 은은한 조명만 켜져 있을 뿐이다.

덜 마른 머리카락을 말리곤 냉장고를 열어 시원한 물 한 잔을 마셨다.

잠시 후, 침대로 가보니 지윤이 머리까지 이불을 뒤집어쓰고 있다.

굳이 잠을 자지 않아도 되지만 그렇다고 일부러 깨어 있으려 애쓸 필요는 없다. 게다가 할 일도 없다.

하여 이불을 살짝 들추고 몸을 밀어 넣었다. 예상대로 푹신했다. 바로 곁 지윤은 움직임이 없다.

두근 두근 두근 두근 두근……!

지윤의 심장박동음이 느껴진다. 점점 빨라지는 것 같다. 현수는 피식 웃음 짓고는 팔을 펼쳤다.

"안 자는 거 다 알아. 그리고 괜한 긴장하지 마."

"……!"

아무런 대답도 없다. 잔뜩 참고 있던 숨만 가늘게 내쉰다.

"안 잡아먹는다니까. 자아, 이리로 와."

지윤의 목덜미 아래로 손을 뻗치자 기다렸다는 듯 와락 안겨 든다. 그와 동시에 부드러운 뭔가가 가슴에 닿는다.

물컹―!

아마도 다 벗은 모양이다.

"정말 안 잡아먹을 거예요? 난 괜찮은데……."

말해놓고 나니 엄청 부끄러운지 고개를 숙인다. 너무 노골적이라 무슨 뜻인지 모르는 것도 어렵다.

지윤이 이렇듯 적극적으로 변모한 것은 자꾸 연적(戀敵)이 될 만한 존재들이 나타나는 때문이다.

모스크바에선 이리냐 때문에 위기감을 느꼈다. 여기 와선 밀라 때문에 조급한 마음이 되었다.

밀라는 절세 미녀인 이리냐와 비교해도 결코 밀리지 않을 미모와 몸매를 갖췄다.

게다가 우수한 두뇌와 대통령의 하나뿐인 조카라는 막강한 배경까지 갖추고 있다.

게다가 밀라는 현수에 대한 호감을 전혀 숨기지 않는다.

지윤을 보고는 같은 수행비서이니 앞으로 잘해보자면서 현수의 기호(嗜好)에 대해 꼬치꼬치 캐물었다.

다음이 그중 일부이다.

"대표님은 가슴 큰 여자 좋아해요?"

"저처럼 히프 토실토실한 여자는요?"

"술 마시면 어때요? 조금 느슨해지고 그래요?"

"어떤 타입의 여자를 좋아해요? 청순? 섹시? 우아?"

"내가 대표님을 유혹하면 넘어올까요?"

처음부터 이렇게 노골적이지는 않았다.

하여 일일이 대꾸해 줬는데 점진적으로 묻다 보니 점점 더 수위가 높아진 것이다.

그때 알았다. 밀라가 작심했다는 것을!

하긴 세계 최고의 부자인데다 미혼이다. 게다가 절세 미남
까지는 아니지만 호감 가는 얼굴이다.

오관이 완벽한 균형을 이루고 있으니 비호감이 되고 싶어도
그러기 어렵기는 하다.

이러니 미혼 여성으로서 어찌 관심을 갖지 않겠는가! 하여
틈이 날 때마다 현수에 대해 이것저것을 묻는다.

지윤은 이리냐를 처음 본 순간처럼 위기의식을 느꼈다. 너
무 예뻤기 때문이다.

체르노빌에 머무는 동안엔 다소 펑퍼짐한 군복을 입고 있
었다.

그럼에도 매력적이라 느꼈는데 몸에 맞춘 양장을 걸치자 훨
씬 더 매혹적이 되었다.

들어갈 곳과 나올 곳이 확실하게 강조된 의상을 걸치는데,
누가 봐도 세계 1% 안에 들 몸매이다.

지윤은 본인도 상당히 예쁘다는 걸 안다.

하지만 하루 종일 거울만 보고 있는 건 아니다.

하여 본인의 외모가 어떤지를 잊고 있을 때가 있어서 저도
모르는 위기감을 느낀 것이다.

현수와 사귀기로 했지만 아직 육체적인 관계는 없다. 게다
가 넘어야 할 상대는 한국에도 있다.

본인과 더불어 천지건설 절세미녀로 평가되는 조인경 부장

이 장본인이다. 어디를 봐도 본인만 못하지 않다.

하여 늘 마음 속 경쟁자로 여기고 있는 중이다.

그런데 계속 강력한 연적 후보들이 출몰하니 이런 때는 차라리 뭔가를 저지르는 게 낫지 않을까 생각했다.

혼인신고까지는 아니지만 '확실한 내 사람'이라는 뭔가가 필요하다 느낀 것이다.

이런 저런 위기감을 느낀 지윤은 마음을 다졌다. 오늘 밤 기필코 뭔가를 이루어내겠다는 것이 그것이다.

그런데 안 잡아먹는다고 한다. 혹시 고자(鼓子)가 아닌가 하는 생각을 했지만 애써 상념을 떨쳐냈다.

사람 일은 알 수 없으니 그럴 확률이 전혀 없지는 않겠지만 그래도 그러지 않기를 기대한 것이다.

"여기서 어떻게 그러겠어."

"왜… 왜요? 전 괜찮아요."

지윤의 음성이 떨리고 있었다. 단 한 번도 사내의 손을 타지 않은 완벽한 모태 솔로이다.

그러니 말도 안 되는 이야기를 하고 있음을 스스로 알고 있는 것이다.

"아니! 내가 안 괜찮아. 이 침대는 이곳을 방문한 국빈들이 사용했던 거일 거야. 그치?"

"네! 아마도요."

우크라이나의 영빈관이니 당연한 말씀이시다.

"난 여기가 아닌 새 침대에서 우리 인연을 만들고 싶어."

일을 벌이게 되면 필연적으로 무언가가 침대보에 묻게 된다. 아마도 그건 여태껏 처녀였었다는 증거일 것이다.

그걸 어찌 영빈관 관리인 손에 맡기겠는가!

마법을 쓸 수 있다면 클린 마법 한 방으로 끝낼 수 있지만 지금은 아니다.

"아⋯⋯!"

지윤은 나직한 탄성을 냈다. 그러곤 사르르 낯을 붉혔다.

"그러니 오늘은 그냥 이렇게 내 품에 안겨서 자. 여러 사람 상대하느라 많이 피곤했지?"

"네에."

지윤은 고개를 끄덕였다.

"지윤 씨는 내 사람이야. 그러니 아무 걱정 하지 마."

어떤 의미로 동침하자고 했는지 짐작하기에 하는 말이다.

등 뒤를 토닥이는 손길을 느낀 지윤은 갑작스러운 열기를 느꼈다. 후끈 달아오르는 느낌을 받은 것이다.

그와 동시에 살짝 땀이 났던 모양이다.

"어라? 더워?"

현수는 살짝 이불을 들춰 흔들었다. 상대적으로 냉각된 공기가 스며들도록 한 것이다. 하지만 시간은 길지 않았다.

시각이 뛰어나기에 나신이 적나라하게 보인 때문이다.

"조금 그런 거 같아요. 뜨거운 물로 샤워해서 그런가 봐요."

"그래? 지금은 어때? 이제 괜찮지?"

다시 이불을 펄럭이며 한 말이다.

"네에. 괜찮은 거 같아요."

"다행이네. 그럼 이제 자볼까?"

말을 마친 현수는 지윤의 이마에 입맞춤을 했다. 이제 아무런 걱정도 하지 말고 편히 자라는 뜻이다.

"……!"

현수의 입술이 닿자 지윤의 몸이 바르르 떨린다. 잠시 후 장밋빛 입술이 떨리듯 달싹인다.

"저어… 키스해도 돼요?"

"뭐? 키스? 그런 걸 뭘 물어?"

"그럼… 으읍!"

지윤의 말은 이어지지 못했다. 현수의 입술이 장밋빛 꽃잎을 덮은 까닭이다.

예상치 못했는지 잠깐 경직되더니 이내 풀어진다.

곧이어 지윤의 두 팔이 현수의 목을 휘감았고, 현수는 기다렸다는 듯 더욱 세게 안아주었다.

어느 야한 노래 가사처럼 갈비뼈가 으스러지도록!

둘은 어디 가서든 확실히 키스를 했다고 말 할 수 있을 정도로 열정적인 설왕설래(舌往舌來)로 시간을 보냈다.

약 10분의 시간이 흐르는 동안 지윤의 이성은 아득한 나락으로 떨어졌다가 천상으로 치솟는 롤러코스터를 탔다.

심박수가 급격히 빨라졌고, 모세혈관이 확장되었으며, 체온이 올라갔다. 이는 현수도 마찬가지이다.

이렇듯 정열적인 키스는 해본 지 천년도 훨씬 넘었다.

그런데 신체는 25세에 맞춰져 있다. 너무나 혈기왕성했기에 신체의 한 부분이 즉각적인 반응했다.

하지만 더 이상의 진도는 없었다. 현자(賢者) 반열에 오른 지 오래인지라 금방 자제할 수 있었던 것이다.

Chapter 13

—

비서 하나 추가요!

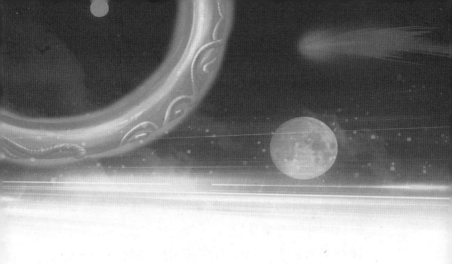

"하아, 하아……!"

길고 긴 입맞춤을 끝으로 지윤이 가쁜 숨을 내쉰다. 평생 처음 경험한 황홀함 때문이다.

두 뺨은 붉게 달아올라 있었다. 이는 부끄러워서가 아니라 지독한 흥분감 때문이다.

잠시 숨을 고르고 있을 때 현수가 다독인다.

"이제 내 여자라는 게 실감나지?"

"…네에. 고마워요."

대답과 동시에 품을 파고드는 지윤의 고운 살결이 느껴졌지만 현수는 그런 그녀의 등을 토닥일 뿐이다.

간신히 진정시켜 놓았던 신체의 한 부분이 다시 반란을 일으키려 했기에 스스로를 다독인 것이다.

이때 도로시가 끼어든다.

'아……! 이런 게 그런 거군요.'

'뭐가? 웬 뜬금없는 소리야?'

'방금 전 폐하와 황후마마의 심박수가 크게 늘었고, 혈류도 빨라졌었다는 거 아세요?'

지윤에 대한 호칭이 달라졌지만 현수는 언급하지 않았다.

'…그랬어?'

'네! 체온도 많이 올라갔었어요. 지금은 정상이 되었지만.'

뭘 이야기하려는지 이해가 된다.

'알아.'

'그니까요. 제가 가진 데이터와 비교해 보니 방금 전 폐하께서는 흥분이란 걸 하셨네요.'

'…그래, 그랬어. 아! 졸립다. 나 이제 잔다.'

도로시와 대화하고 싶지 않은 것이다.

웬만하면 계속해서 쫑알거릴 텐데 이상하게 조용하다.

방금 얻은 신체 변화 데이터를 기록하고 분석하느라 여념이 없었던 때문이다.

현수 입장에선 잘된 일이다.

오랜만의 키스인지라 반추[16] 가 필요했던 때문이다.

16) 반추(反芻) : 씹어 삼킨 음식물을 다시 게워내어 되새김질한다는 뜻으로 어떤 일을 되풀이하여 음미하거나 생각함을 의미

마지막 키스를 언제 했는지 기억도 나지 않는다. 하긴 1,000년이 넘었으니 가물가물할 것이다.

한편, 지윤은 잠시 나마 황홀이라는 바다에 빠져 헤엄친 아득했던 순간들을 떠올리며 저도 모르게 속삭인다.

"사랑해요!"

"그래, 나도……!"

"앞으로 잘할게요."

"지금도 잘하고 있어."

"더 잘할게요."

"그래주면 고맙지."

현수와 지윤은 한 시간이 넘도록 속삭이다 잠들었다.

*　　　　*　　　　*

"오늘 이 자리를 빛내주신 하인스 킴 대표님께 다 같이 박수를 칩시다."

"와아아아아아~!"

짝짝짝짝짝짝짝짝짝짝짝……!

벨라루스 의회 의원들이 일제히 기립하며 박수를 치면서 환호성까지 터뜨린다.

벨라루스는 완전한 내륙 국가이다.

러시아, 라트비아, 리투아니아, 폴란드, 그리고 우크라이나로

둘러싸여 있어 바다와 1㎝도 접해 있지 못하다.

면적은 대한민국의 2배쯤 되는데, 인구는 서울시에도 못 미치는 950만 명가량이다.

인구 밀도로 비교해 보자면 10배 이상이나 널널하다는 뜻이다.

오늘 오전, 현수와 벨라루스의 대통령 알렉산더 루카셴코(Alexander Lukashenko)는 수많은 시선 앞에 나란히 앉아 조차협정서에 서명을 했다.

하인스 킴에게 자국의 영토 중 약 14.4%의 크기에 해당되는 3만 ㎢를 100년간 할양한다는 서류에 사인한 것이다.

사실, 엄밀히 표현하자면 '할양'은 결코 아니다.

할양(割讓, Cession)이란, '국가 간의 합의에 의하여 자기 나라 영토의 일부를 다른 나라에 넘겨줌, 또는 그런 일'을 뜻하는 어휘이기 때문이다.

협정서에도 분명 조차(租借, Lease)라 표기되어 있다.

이는 '특별한 합의에 따라 한 나라가 다른 나라 영토의 일부를 빌려 일정한 기간 동안 통치하는 것'을 뜻하는 어휘이다.

그럼에도 영토의 일부를 떼어주는 할양이라 표현한 것은 결국 그렇게 될 것이기 때문이다.

지금까지의 역사에 의하면 이번 조차는 결국 할양으로 이어지게 될 것이다. 더 나아가 나라 전체를 맡아서 통치하는 병합(倂合, Merger) 내지 흡수합병으로 진행된다.

이실리프 제국 사서(史書) 기록에 의하면 가장 빠른 것이 13년이었고, 가장 길었던 것이 119년이다.

이실리프 제국에서 끝까지 받아들이지 않은 대한민국 같은 나라는 예외이다.

오만무도하고, 후안무치하며, 너무도 이기적인 특정종교 광신자 비율이 너무 높았기에 단호히 거절했다.

브라질, 베네수엘라, 콜롬비아 등도 거부되었는데 이들은 뿌리 깊은 마약 카르텔과 높은 범죄율 때문이다.

어쨌거나 어느 지역이든 이실리프 왕국이 들어서면 그 주변 국가들은 스스로 편입되기를 요청하곤 하였다.

왕국은 세금을 징수하지 않아 물가가 매우 저렴하다.

실업률은 제로에 수렴하는데, 원하기만 하면 누구든 적합한 일자리를 가질 수 있다.

위험하고, 어렵고, 더러우며, 힘든 일은 모두 일꾼로봇들이 맡으므로 노인들도 충분히 직업을 가질 수 있다.

그리고 도박, 마약, 흡연, 종교가 발붙일 수 없어 웬만해선 분란이 일어나지 않는다.

부정부패한 공무원이 있을 수 없으며, 서로 잘났다고 삿대질을 서슴지 않는 당파 싸움이나 정쟁(政爭)이 없다.

학벌을 따지지 않으므로 입시 경쟁도 없다. 아울러 군대를 유지하기 위한 징집도 없으며, 전쟁의 위험 또한 없다.

혼자 전 세계를 상대로 전쟁을 하더라도 백전백승할 전력을 갖추고 있으니 감히 넘볼 생각조차 못 하는 것이다.

물가는 저렴하고, 생활은 너무나 편리하다.

삶의 질, 편리함, 안전성 등을 자기네 나라와 비교해보면 한숨이 절로 나올 지경이다.

하여 기득권을 끝까지 사수하려던 부정부패한 정치인이나 관리들을 때려 죽여가면서 병합을 요청하곤 하였다.

배가 배꼽에 속하기를 원한 것인데, 이실리프 제국은 기꺼운 마음으로 받아들였고 끝까지 공평무사하게 다스렸다.

하여 할양이란 표현을 사용한 것이다.

어쨌거나 공식석상에서 일어난 모든 일들은 벨라루스 국영방송사인 STV에서 제작하는 다큐멘터리로 보존된다.

벨라루스 역사에 한 획을 긋는 변곡점이 될 것이기 때문이다.

잠정적으로 정해진 제목은 '벨라루스! 도약의 발판을 얻어 세계로 나아가다.' 이다.

상당히 진취적으로 느껴지는 제목의 뉘앙스를 보듯 조차를 긍정적으로 받아들이고 있음을 알 수 있다.

하여 영상 편집이 마쳐지면 곧바로 방영될 예정이다.

벨라루스는 국제사회에서 별다른 존재감이 없는 국가이다.

어디에 붙어 있는 나라인지 모르는 경우가 많고, 강대국인 것도 아니며, 분쟁 중이라 뉴스에 오르내리는 국가도 아니다.

어느 한 분야에 뛰어난 기술을 가진 국가도 아니며, 다른 나라에 없는 자원을 가지지도 못했다.

발전 가능성이 높지도 않으며, 국권을 위협하는 이웃이 있어 전쟁의 위험이 있는 나라도 아니다.

덕분에 평화롭기는 하지만 늘 별다른 이슈가 없다.

어제가 그제 같고, 오늘이 어제 같으며, 내일이 오늘과 크게 다를 바 없는 정말 따분한 국가이다.

이런 상황에 하인스 킴의 대대적인 투자가 이루어지면 어떻게 되겠는가!

일단 세계의 이목이 쏠리게 될 것이다.

짧은 기간 동안 상당히 많은 인명을 앗아간 에이프릴 증후군에 비할 바는 못 되지만 단연 세계인들의 관심을 한 몸에 받는 인물이 나선 일이다.

갑자기 수많은 일자리가 생기고, 신기술이 도입될 것이며, 듣도 보도 못하던 물자들이 물밀듯 쇄도하게 된다.

벨라루스 입장에서 보면 잠자다 돈 한 푼 안 들이고 올림픽과 월드컵을 연속해서 개최하는 것이나 다름없다.

너무 나른해서 풀어져 있던 국민들의 의식을 고취시킬 필요 충분한 조건이 갖춰졌으니 다큐멘터리를 만드는 것이다.

대외적으로는 공식적인 증거가 된다.

자치령을 다 개발해놓은 후 벨라루스와 우크라이나, 그리고 러시아가 갑자기 안면을 몰수할 수도 있다.

가장 강력하고 열렬한 지지자인 푸틴이야 믿지만 그는 선출직(選出職) 공무원이다.

황제 같이 군림하고는 있지만 실제 황제는 아니며, 권력이 영원한 것도 아니다. 예상치 못했던 사태가 벌어져 국민들의 공분을 사면 암살당하거나 실각할 수도 있다.

이전의 역사에선 그런 일이 없었다.

블라디미르 푸틴은 개헌에 성공하여 96세가 되는 2048년까지 권좌에 머물렀고, 매사에 지극히 협조적이었다.

이럴 수 있었던 결정적 이유는 현수와의 친분이다.

이 시기의 현수는 레드마피아의 실질적인 보스였고, 마르지 않는 재물의 샘을 가진 부자였으며, 불가사의한 일을 가능케 하는 능력을 가졌다.

푸틴이 무탈하게 권력을 누리다 만수무강할 수 있었고, 안정된 노년을 보낼 수 있었던 것은 모두 현수의 덕이다.

은퇴 후엔 이실리프 제국에서 제공한 널찍한 저택에 머물며 회고록을 집필했다.

그러다 그의 나이 125세의 어느 날, 잠자리에서 영면을 맞이했다. 너무도 편안한 임종으로 세상을 뜬 것이다.

이는 대외적인 것이고 실제로는 216세까지 살았다.

지금 보면 지극히 원시적이고, 초보적이긴 하지만 현수가 안티 에이징 마법의 원형을 창안한 결과이다.

　30세 전후인 모습으로 세상을 살다가 사망했는데 당시 푸틴의 겉모습은 60대 중반으로 보였다.

　원래대로라면 100년 이상 더 살 수 있었지만 사는 걸 지루하게 여겼다. 하여 스스로 안락사를 선택했던 것이다.

　이에 현수는 부활마법으로 되살릴 수 있었지만 고인의 뜻을 받아들여 성대한 장례로 배웅했다.

　아무튼 푸틴이 권좌에 있는 동안에도 반대하는 세력이 있었다. 하지만 언감생심 반란이나 쿠데타는 꿈꿀 수는 없었다.

　우선은 국민들의 열렬한 지지가 있었던 때문이다.

　현수를 만난 이후의 푸틴은 진심으로 국민들을 보살피는 성군(聖君)의 삶을 살려고 애를 썼다.

　지극히 공정하면서도 단호했고, 그러면서도 자비를 베풀 줄 아는 진정한 군주(君主)의 삶을 살았던 것이다.

　하여 투표를 할 때마다 90% 이상의 지지를 받았다. 이러니 쿠데타 같은 걸 도모하거나 획책하지 않았던 것이다.

　하지만 지금은 다르다.

　러시아는 현재 심각한 경제 위기를 겪고 있다.

　난관을 돌파하려면 강력한 러더십이 요구되는데 이에 반감을 가진 국민들이 상당수 있다.

　다 같이 함께 나아가자고 이야기하는데 남들은 알 바 없고,

본인 혼자만 잘 먹고, 잘 살겠다는 욕심을 가진 것들이다.

하여 할 수 없이 철권통치를 하는 상황이다.

사사건건 발목잡고 늘어지는 것들은 좋은 말로 하면 이를 듣지 않으며, 일일이 이해시키는 것은 시간낭비인 때문이다.

현수가 기레기들을 쓸어버리고, 부정부패하고, 썩어빠진 정치인 및 공무원들을 작살내는 것도 이와 같은 이유이다.

어쨌거나 미국과 서방국가들은 러시아를 견제하기 위해 고의적으로 저유가 시대를 유지하게 하는 상황이다.

잘 나가던 푸틴 입장에선 몹시 미울 것이다.

아무튼 다시 만났고, 어느 정도 친해지기는 했지만 아직은 안심하고 뒤를 맡길 수 없다.

따라서 주변국의 변화 내지 변심을 대비해야 한다.

하여 수십 대의 카메라를 동원하여 모든 장면을 세세히 녹화하도록 하였다.

현수와 알렉산더 루카셴코 대통령뿐만 아니라 각료와 의원들의 움직임과 표정, 그리고 대화 내용 등이 담긴다.

가장 중요한 조차 협정서 내용도 카메라 렌즈에 담겼다.

현수를 대신하여 벨라루스를 방문한 것은 아홉 기의 휴머노이드 중 하나인 신이호이다.

우크라이나와 러시아에서 진행된 내용들을 설명하면서 100년간의 조차를 요구했는데 각료회의와 의회의결 결과 만

장일치로 채택되었다.

체르노빌 원전사고로 인해 심각하게 오염된 지역이 대부분이라 기꺼운 마음으로 찬성에 기표한 것이다.

현수가 그 땅에서 무엇을 하든 벨라루스 입장에선 손해 볼 것이 없다.

미국과 서방국가들의 러시아에 대한 경제제재 때문에 벨라루스 역시 침체에 빠져 어려움을 겪고 있다.

공식적으론 실업률이 1% 미만이라고 발표하고 있지만 실제론 10% 정도이다.

불안정한 고용 상태에 놓인 근로자와 구직 단념자까지 포함하면 이렇게 된다.

조차지에서 농사를 짓든 뭘 하든 대대적인 고용이 이루어질 것이다. 이는 벨라루스 국가 경제에 큰 도움이 된다.

막혀 있던 혈관이 뚫리는 것과 마찬가지이며, 멈춰 있던 기계에 윤활유를 뿌리는 것과 같다.

*   *   *

그곳에 공장을 짓든, 주거지를 조성하든 100년이 지나면 완벽하게 정화되고 개발된 상태로 되돌려 받는다.

100년이 긴 것 같아도 1세대를 25년으로 따지면 4세대에 불과하다. 증손자나 고손자를 보는 정도가 된다.

당장엔 국토의 일부를 내어주지만 후손들에겐 아주 큰 도움이 될 수도 있을 것이다.

그렇기에 기꺼운 마음으로 찬성에 기표했던 것이다.

신이호는 각료회의와 의회의결을 통과했다는 이야기를 들은 직후 대통령에게 선물을 선사하였다.

고가의 물품을 준 것이 아니라 1,000억 달러 상당의 통화 스와프와 스위티 클로버 공장설립이 그것이다.

먼저, 통화스와프는 슬라브 3국으로부터 얻은 조차지가 국가로 선포된 직후에 체결하기로 했다.

국가 대 국가가 되어야 하는 때문이다.

스위티 클로버는 활용성이 매우 높은 식물이다.

잎사귀는 차(茶)뿐만 아니라 피로 회복제, 마약 및 알코올중독 치료제, 각종 암 억제제, 자양강장제, 숙취 해소 음료, 식재료 등으로 사용할 수 있다.

열매로는 껌과 화장품을 만든다.

껌은 구강 내 세균을 완전히 박멸시켜 구취 및 충치 발생을 막아준다. 아울러 플라크 생성도 억제시킨다.

껌이지만 소비자들은 필수 의약품으로 인식하여 매일 2개씩 씹게 될 것이다.

그 결과 껌과 치약, 그리고 칫솔과 치실 등을 구강 관련 제품을 취급하는 업체와 치과는 매출이 급감한다.

하지만 부작용 없이 구취와 충치가 예방되니 열렬한 환영을 받는다. 그 효과가 너무도 확실한 때문이다.

씹다 뱉은 껌은 별다른 오염 없이 자연으로 돌아간다.

70억 지구인 중 어린아이들을 뺀 60억이 매일 2개씩 꼬박 꼬박 씹게 될 것이다.

6개들이 한 갑이 300원에 출고될 경우 약 4,000억 원의 순이익이 발생된다.

계산해 보면 1년 순이익이 146조 원이다. 이를 달러로 환산하면 약 1,242억 달러이다.

껌 하나만으로 단숨에 세계 1~3위 기업의 순이익 합친 것보다 많은 이익이 발생된다.

참고로, 2015년 세계 순이익 기업 순위는 아래와 같다.

1	지나공상은행	427억 달러	지나
2	Apple	370억 달러	미국
3	가즈프롬	357억 달러	러시아
4	지나건설은행	349억 달러	지나
5	Exxon Mobil	326억 달러	미국
6	삼성전자	272억 달러	대한민국
7	지나농업은행	271억 달러	지나
8	지나은행	255억 달러	지나
9	BP	235억 달러	영국
10	Microsoft	221억 달러	미국

화장품으로 만들면 부작용 없이 모낭충[17]을 제거한다. 그러면서도 인체엔 100% 무해하다.

줄기는 화장실에서 쓰는 화장지의 원료가 된다.

일반 펄프로 만든 것보다 흡수력 및 흡취력이 강하고 더 빨리 분해되는 환경보호 상품이다.

이중 벨라루스 조차지에서 만들 것은 지나인들이 좋아하는 차(茶)와 술(酒)이다.

이것들은 특정 유전자가 있다면 불임이 되게 하는 효능을 가진다. 제품을 팔아 이득을 보려는 목적도 있지만 그보다는 전 세계에 널려 있던 한족(漢族)들의 씨를 완전히 말리기 위해 출시하는 제품인 것이다.

이전의 경험에 따르면 완전히 멸족시키는 데 120년이 넘지 않았다. 다시 말해 2136년 이내에 한족 유전자를 지닌 사람은 지구상에서 모두 사라진다.

그때가 되면 시끄럽게 떠들면서 사방을 오염시키는 욕심만 많은 인간을 보기 힘든 세상이 될 것이다.

러시아에선 스위티 클로버를 활용한 각종 의약품을 만들고, 우크라이나 조차지에선 껌을 만들 것이다.

이것들은 유럽 대륙과 북미 지역에 공급된다.

한국에서 생산되는 것은 아시아에 공급되며, 콩고민주공화

---

17) 모낭충(毛囊蟲) : 머리나 얼굴의 모낭과 피지선을 뚫고 들어가 피지와 노폐물로 영양분을 섭취하는 기생충. 모공이 커지면서 여드름과 탈모 및 각종 피부질환들을 유발할 수 있다.

국 조차지에서 생산되는 것은 아프리카 대륙을 커버한다.

벨라루스 방문은 성대하고, 화기애애한 분위기 속에서 마쳐졌다. 서로가 만족할 만했으니 당연한 일이다.

러시아로 출발하기 전날 알렉산더 루카셴코 대통령을 다시 만났다. 향후의 일을 의논하기 위해 방문했다고 하는데 아무래도 아닌 듯싶다.

헤어지기 직전에 나눈 대화 때문이다.

"그래서 우리 정부는 올리비아 본다코(Olivia Bondarko) 양을 대표님의 수행비서로 임명했습니다."

"네?"

대체 무슨 소리냐는 표정으로 바라보았지만 대통령은 설명을 이어갔다.

"올리비아는 우리나라 국립대학교인 민스크 대학에서 물리학을 전공한 재원으로……."

민스크 대학은 1921년에 설립되었는데 '벨라루스의 하버드'라 불리는 유럽 10위 안에 드는 명문 대학이다.

교육 수준과 교사 수준이 매우 높으며, 특히 기초과학 분야가 발달되어 여러 나라에서 유학 온다.

"에? 그런 재원을 왜……? 물리학 전공이라면서요."

"아주 우수한 재원입니다. 민스크 대학 물리학부 수석 입학, 수석 졸업을 했으니까요. 경제학과 경영학도 공부했는데 모두 석사 학위를 취득했습니다."

"그럼 학사 3번에 석사 2년씩을 더한 건가요?"

물리학과를 졸업한 후 경영학과 경제학을 다시 전공하여 석사를 취득했다면 (4+2)+(4+2)+(4+2)니까 18년을 공부한 모양이다. 학사 학위 없이 석사를 딸 수 없는 때문이다.

어떤 사람은 경영학과 경제학이 거의 같다고 생각한다. 그런데 둘은 비슷해 보이지만 상당히 다르다.

먼저 경영학과는 기업경영에 필요한 회계, 재무, 마케팅, 인사, 생산관리, 경영정보시스템 등 실제적인 내용을 다룬다.

한편, 경제학과는 경제 상황에 대한 분석, 시장에서의 가격 결정과 변화, 국민소득 수준, 경제성장, 국제수지 등을 분석하기 위한 능력을 키우기 위해 공부한다.

그러기 위해 경제 수학, 화폐 금융론 등 전반적인 과목에서 미분, 적분, 선형대수 등 여러 수학 공식을 다루게 된다.

어쨌거나 나이 스물에 대학에 입학했다면 서른여덟 살은 넘었을 것이다. 아줌마라는 뜻이다.

"아닙니다. 물리학과 경영학, 그리고 경제학을 동시에 전공했고 세 과목 모두 학사와 석사 학위까지 취득한 겁니다."

"에? 그게 말이 되나요?"

문 · 이과 통합형 인재라는 건 납득된다.

하지만 하나 전공하기에도 바쁜데 세 가지 학문을 동시에 전공했다니 이해되지 않은 것이다.

"엄청 똑똑하니까요. 석사 취득 후엔 사무관급 공무원 채

용고시에 응시하여 최연소 합격을 했습니다."

사무관이라면 5급 공무원 시험이라는 뜻이다.

"헐……!"

이 나라 행정고시가 어느 수준인지 알 수는 없지만 쉽지는 않았을 것이다.

나름 고위직에 속하니 허투루 뽑지는 않기 때문이다.

"아무튼 똑똑한 거는 제가 보장합니다."

"그러니까요. 그런 재원을 왜 고작 제 수행비서로……."

"에? 고작 수행비서라니요? 명칭은 그렇지만 Y-그룹을 이끌고 있는 하인스 킴 대표님의 곁에서 우리 정부와의 의견을 조율할 특사나 마찬가지입니다."

정부를 대신할 대표권 또는 재량권을 주었다는 뜻이다. 이러면 할 말이 없다. 하여 나지막한 침음을 냈다.

"끄응……!"

"곧 국가 선포를 하실 텐데 올리비아를 곁에 두시면 아주 편하실 겁니다. 상당히 센스 넘치는 아가씨거든요."

"나이가 얼마나 되는데요?"

"올해 스물일곱입니다. 올리비아!"

대통령이 호명하자 영빈관 객실의 문이 열리고 금발 아가씨 하나가 들어선다.

석사 학위가 셋씩이나 있어 보이지는 않는다. 차라리 슈퍼모델이라고 하면 믿을 정도로 늘씬하고 섹시하다.

'말로만 듣던 벨라루스 미녀로군.'

현수의 입에서 미녀라는 말이 저절로 나올 정도로 아름답기까지 하다.

변변한 화장도 하지 않았는지 주근깨가 보인다. 그런데 그게 건강미 넘치는 매력으로 비쳐진다.

결국 미녀 수행비서가 하나 더 늘었다.

같은 시각, 모스크바의 이리냐는 대통령 비서실 직원으로부터 교육을 받고 있다.

우크라이나와 벨라루스 정부에서 수행비서 명목으로 미녀들을 배치하려는 것을 보고받은 후 러시아 정부 역시 마땅한 인재를 물색했다.

그러다 각별한 보호를 당부 받았던 이리냐를 떠올렸다. 하여 긴급히 불러들여 여러 사항을 가르치고 있는 것이다.

                    *   *   *

"트럼프가 미국의 새로운 대통령이 되었다는 것에 대해 어찌 생각하시나?"

이곳은 크렘린궁의 한 곳이다.

제정 러시아 시절 황제가 기거하던 곳으로 현재는 외국에서 온 국빈들을 위한 영빈관으로 사용되는 곳이다.

이곳에 오기 전엔 러시아 연방정부 청사로 사용되고 있는 벨르이 돔에서 조차 협정서에 서명을 했다.

러시아 의회는 속전속결로 브랸스크주와 쿠르스트주, 그리고 벨고르드주와 오률주를 하인스 킴에게 100년간 조차해 주는 것을 승인했다.

조차되는 면적은 11만 6,500㎢이다.

러시아 전체 면적의 6.8%에 불과하지만 대한민국 국토 전체보다 훨씬 크다.

강원도가 하나쯤 더 붙어 있는 정도이다.

조건은 모든 방사능 오염지역 정화와 더불어 레드마피아 양성화, 그리고 고연비 자동차 엔진공장 건설 외에 소소한 것들이 추가되어 있다.

조차지는 고유한 법률을 가진 국가로 대우된다. 조차 기간인 100년만 유지되는 한시적 국가로 인정한 것이다.

2,000억 달러 상당의 통화 스와프가 효력을 발휘되려면 '국가 대(對) 국가' 가 되어야 하는 때문이다.

러시아와의 공식적인 문서에 기록되는 국가명은 '이실리프 왕국(The Kingdom of Yisilipe)' 이고 국왕은 하인스 킴이다.

참고로, 이실리프는 차원 저쪽에 존재하는 아르센 대륙 공용어로 '위대한 마법사의 생애' 라는 뜻을 가졌다.

현수의 오늘이 있게 만든 '전능의 팔찌' 를 제작한 스승이자 이실리프 마법학파의 종주인 '아드리안 멀린 반 나이젤' 을 기리려 선택된 어휘이다.

영국은 스스로를 'The Kingdom of Great Britain'이라 한다. 이실리프 왕국은 이보다 훨씬 위대해질 제국이 되겠지만 공식명칭에 Great가 들어가지는 않는다.

Yisilipe에 이미 '위대하고 찬란하다'는 의미가 더해져 있는 까닭이다.

협정식이 마쳐진 후 곧장 이곳으로 안내되었다. 러시아 정부가 베푸는 공식 리셉션 장소이기 때문이다.

현수는 여당과 야당 의원들을 두루 만났으며, 각부 장관 및 차관들과도 안면을 텄다.

당분간 상호간 협조할 일이 많기 때문이다.

그중엔 재정부 차관 막심 오레슈킨도 포함되어 있다.

올해 34세인 그는 다음 달에 경제개발부 장관에 임명될 예정이다.

처음 현수를 만났을 때는 약간 오만한 시선이었으나 오늘은 전혀 아니다. 제정러시아 시절 차르(Tsar)를 알현하는 남작처럼 바싹 엎드리는 자세를 보였다.

현수가 누군지 알고 나니 함부로 대할 수 없음을 확실하게 느낀 모양이다.

하긴 푸틴이 현수를 바라보는 시선이 따사롭기 그지없는데 어찌 감히 차관 따위가 위세를 부리겠는가!

현수의 왼쪽엔 김지윤이 서 있고, 둘의 양쪽엔 밀라와 올리비아가 있다.

셋 다 격식을 갖춘 의상을 걸치고 있는데 모스크바에 당도하자마자 급히 Petrovka가(街)를 방문한 결과이다.

굼 백화점까지 이어지는 이 길은 모스크바의 압구정동이나 청담동 정도 되는 곳이다.

명품 브랜드와 디자이너 숍들이 포진해 있으며, 모스크바 역시 유럽의 한 부분이라는 느낌이 절로 들 정도로 아름답고 고풍스러운 건축물들이 즐비한 거리이다.

셋은 각기 본인 취향에 따른 드레스를 걸치고 있다.

지윤은 상아색 이브닝드레스를 입어 동양의 여신처럼 보인다.

밀라는 레이스로 치장된 감색 원피스, 올리비아는 하늘하늘한 흰색 파티 드레스를 걸쳐 서양 여신 같다.

동양과 서양의 미인들이 한껏 성장(盛裝)한 채 현수의 곁을 서성이고 있는 것이다.

현수와 제법 긴 시간을 함께한 지윤은 다소 여유 있는 모습이지만 밀라와 올리비아는 잔뜩 긴장한 듯하다.

푸틴과 메드베데프가 한시도 현수의 곁을 떠나지 않고 있기 때문이다.

혹시라도 헛소리를 늘어놓아 다 된 밥에 재를 뿌리는 덜떨어진 인간이 있을까 싶어 머물고 있는 것이다.

밀라와 올리비아는 이를 알지 못한다.

다만 자국에 막강한 영향력을 발휘하는 푸틴이 곁에 있다는 것만으로 심히 위축되는 느낌을 받고 있는 것이다.

같은 순간, 하바롭스크 재계를 대표하여 이 자리에 참석해 있는 막심 마무린(Maksim Mamurin)의 시선이 밀라와 올리비아에게 꽂혀 있다.

그의 눈빛엔 음욕(淫慾)이 가득했다.

『전능의 팔찌』2부 16권에 계속…